Platinette

TUTTO DI ME
Riflessioni

A cura di
Valerio de Filippis

SONZOGNO EDITORE

Per le due immagini alla pagina 8 dell'inserto: foto di Anna Rizza

Via Mecenate 91 – Milano

ISBN 88-454-1217-2

I edizione Sonzogno: aprile 2005

Prefazione

Conosco Platinette da qualche anno. Da quando ci siamo incrociati davanti alle telecamere. L'ho detto e lo ripeto: è un uomo colto, malinconico, ironico. È un uomo. Come insieme abbiamo dimostrato a *Buona Domenica*. È un uomo spesso disperato più per una somma di solitudini che non per altro. La sua "diversità", i suoi abiti esagerati, il suo eloquio non sempre castigato sono aspetti di cui non ci si scandalizza più.

In questo libro Platinette si racconta sul filo della memoria, ma anche immaginando incontri e sbocchi professionali che nella realtà non si sono ancora avuti. Non gli è stato facile aprirsi, malgrado in genere si esibisca in modo persino eccessivo. Ha pudore dei sentimenti, delle amicizie, degli amori e quant'altro.

Stimo Mauro (il vero nome di Platinette) e spero che nei prossimi anni riesca a venire a patti con questa malinconia che l'aggredisce (volendosi un po' più bene e quindi dimagrendo).

Vi consiglio la lettura di questo libro-confessione nella certezza che vi piacerà e ne saprete trarre un piccolo insegnamento: prima di giudicare una persona, pensiamoci un po'. Non sempre con un giudizio sommario siamo nel vero.

Maurizio Costanzo

LE ORIGINI

La casa in campagna,
la scuola-ricovero delle suore,
mia sorella con cui ho condiviso
il nome e il corredino,
i diciotto anni

Nel corso degli anni ho cercato di rimuovere la mia infanzia, perciò faccio fatica a ricordare. Mi sono rimaste due immagini: una ricostruita attraverso il racconto dei miei famigliari, di mia sorella in particolare, e una tutta mia. La prima è questa: siamo nella zona di campagna dove sono nato (soltanto poi ci saremmo trasferiti in città). Abitiamo in una casa colonica in cima a una collinetta che digrada su una strada provinciale. Mia sorella spinge una carrozzina, la trattiene, visto che siamo in discesa; ma all'improvviso la carrozzina parte con me dentro – cioè lei la lascia andare –, attraversa la strada, io casco dalla carrozzina. Insomma, per me questo è l'inizio dell'infanzia: io che cado dalla carrozzina, prendo una botta in testa ma mi salvo. Grazie a una sorella distratta, divenuta poi molto presente.

Maura, mia sorella, è ipocondriaca, salutista fino all'eccesso. Per vent'anni ha fatto la modella, è molto bella, alta, mora. Come dire... siamo due gocce d'acqua! Tra noi c'è stato un rapporto discontinuo. Non è facile, d'altra parte, avere una *fratella* come me.

La nostra casa in campagna era strepitosa, con un portone di legno antico: una fattoria di inizio Novecento con un'aia enorme davanti, piena di mezzi agricoli. In realtà era stata ricavata da un granaio. Io ho sempre saputo che il mio posto era lì, in quella casa. Sono sempre stato male in città, a giocare in cortile con i bambini, e le case popolari in cui ho vissuto erano una specie di lager. La fattoria, la campagna, lì c'era il mio mondo.

La seconda immagine risale a quando eravamo appena arrivati in città. Sono ancora molto piccolo. Una bicicletta con le ruotine attaccate dietro, una sorta di triciclo, dal quale comunque riesco a cadere. E una volta finisco in un fosso. Forse è un episodio insignificante, visto che accade a tanti bambini, ma io non posso dimenticare questo capitombolo, né la sensazione di precipitare, a cui lego l'idea di un'infanzia molto solitaria, il ricordo di un bambino particolarmente magro, decisamente sottopeso, che non conosce il gioco, che non sa che cosa voglia dire, che non ha mai giocato a pallone.

Poi c'è stato l'"internamento", così l'ho chiamato, nel "villaggio del fanciullo", un asilo e scuola elementare al mattino che al pomeriggio si trasformava in una sorta di ricovero per bambini, un ricovero per bambini poveri. Lì, al mattino avevo una maestra laica, ma tutto il resto del tempo mi toccava passarlo con le suore, perché i miei genitori lavoravano e mia madre veniva a prendermi solo alla fine della giornata. Intanto mia sorella, che aveva otto anni più di me, si faceva la sua vita.

Inoltre, siccome da bambino ero molto magro, d'estate mi mandavano in montagna in colonia dalle suore (ancora suore!). È stato così che proprio le suore mi hanno insegnato la differenza tra il bene e il male.

Un'infanzia davvero infelice. O meglio: allora mi sembrava infelice perché vedevo che gli altri bambini intorno a me non vivevano così. A quell'epoca, poi, non mi interessavano i rapporti con gli altri: avevo già sviluppato una forma di orsaggine, non so se per timidezza o per incapacità.

Forse è stato proprio nei primi anni di vita che si è radicata in me l'idea che il gioco sia una perdita di tempo. Giocare non so che cosa significhi, non ho rapporti basati su questo, non li cerco, non mi piace giocare nel sesso, non mi piace giocare nelle relazioni interpersonali di qualsiasi natura. Mi piace fare seriamente. Però col sorriso, come se stessi giocando. L'unico divertimento che conosco è questo. Rendere tutto un paradosso è la mia filosofia di vita. Solo così riesco a fare le cose serie che mi piacciono. Se questo si può considerare gioco – mischiare il serio con il faceto –, è il gioco che mi piace.

I miei genitori non mi hanno mai spiegato perché io e Maura ci chiamassimo allo stesso modo. Mia sorella mi ha sempre detto che era stata lei a scegliere il mio nome (che in realtà è Maurizio). Io penso invece che, avendo già il corredino con le iniziali C.M. ricamate, abbiano giudicato più pratico e meno dispendioso darmi quel nome anziché tirarne fuori altri. Certo avrebbero potuto anche optare per Marco piuttosto che per Marcello o Mario, ma è stata mia sorella a imporre Maurizio. Maurizio, però, non piaceva e Mauro veniva più semplice. Inoltre, dato che faccio Coruzzi di cognome, chiamarmi Maurizio voleva dire bombardare di saliva l'interlocutore: MAU-RI-ZIO-CO-RUZ-ZI!

Poi ho usato, e forse è stato questo l'inizio del disastro, il corredino di Maura. Non vorrei che fosse nato allora il primo germe.

Rispetto a quando avevo diciotto anni ho perso la magrezza. Non ho vissuto quell'età come una fase meravigliosa e irripetibile: per me avere diciotto anni è una condizione mentale. Da allora ho perso anche l'insicurezza. Quello che ho guadagnato invece è proprio l'esatto contrario: adesso so di non essere del tutto da buttare via, nonostante abbia fatto molto perché ciò accadesse.

Dei diciotto anni non ho più i capelli, perché proprio allora ho cominciato a tingerli, e all'epoca del punk si esagerava coi colori. Io sono un figlio del punk, infatti mi piaceva molto Londra. Appena avevo due lire partivo, lavoravo apposta d'estate per poterci andare prima di riprendere a studiare.

Forse di quel periodo mi manca un po' la curiosità intellettuale. Oggi ho la presunzione di sapere già che cosa mi interessa. Ed è un errore, su cui dovrò prima o poi rifare le tarature. Mi rendo conto di avere una predisposizione per il passato: so già che cosa apprezzo dal punto di vista letterario, so già che cosa mi può piacere dal punto di vista cinematografico, conosco meglio la politica di allora rispetto a quella di oggi. Mi sono consolidato su quell'epoca, ed è un errore gigantesco; non so quasi nulla dei nuovi autori di letteratura e al cinema vado pochissimo perché non ho nessuna voglia di vedere le Moniche Bellucci, le Asie Argento, le peggio cose, proprio non mi importa.

Quello che mi manca dei diciotto anni è poter osare un po' di più. Ho molto coraggio nella vita privata, ma ho forse minore temerarietà nella mia visione del mondo.

MIA MADRE

La balera tra Langhirano e Felino,
l'uomo misterioso, mano nella mano al concerto di Mina,
con i salamini fra le tette,
una montagna troppo grande di rimpianti

Mia madre si chiamava Bianca, faceva la capo operaia – non sindacalizzata – in un'azienda di conserve di pomodoro. È morta cinque anni fa.

Da giovane mia madre era appassionata di danza. La notte usciva di casa di nascosto, come fanno forse le ragazzine ancora oggi, pur di andare a ballare.

Mio padre, nonostante fosse gravemente depresso, era un gran bell'uomo e un bravo ballerino. È bastato il primo passo di un tango per un colpo di fulmine. Ciò accadeva a metà strada tra Langhirano e Felino, dove c'era la balera. Io idealmente nasco lì.

Mia sorella Maura è venuta al mondo a guerra ormai finita, prima ancora che Bianca e Ugo – mio padre – si sposassero. A quei tempi era una cosa che in piena campagna, dove sono nato, faceva scalpore. La mia era una zona agricola nota per i salami e i prosciutti, non certo per le moderne vedute.

È stato un matrimonio complicato, quello dei miei genitori, come si capirà anche quando racconterò di mio padre.

La mamma era una donna molto vivace, allegra, anche un po' *scapricciatella*. Tanto da farmi venire un dubbio: secondo me, ha avuto una storia durante il matrimonio. Un bella storia. Per molti anni ho pensato di essere il frutto di questo ipotetico amore, e quindi di non essere figlio di mio padre.

Sin da ragazzino ho sviluppato una curiosità morbosa per quell'uomo. Non l'ho mai visto di persona, nemmeno in foto, ma dentro di me sapevo chi era, avevo esattamente idea della sua faccia, avevo pure trovato delle somiglianze fra lui e me, pensa tu a che cosa arriva la mente!

Oggi so solo che era un ricco imprenditore e un ex atleta. Lo scoprii un giorno vedendo dei fiori bellissimi sulla tomba di mia madre. Io e mia sorella andavamo spesso al camposanto e notavamo che c'erano sempre dei fiori freschi adagiati sulla lapide. Ora, se non ero stato io a portarli, se non era stata lei, e sapevamo che mio padre non poteva essere stato… insomma, chi era? Per me questo fatto diventò un'ossessione e sentivo puzza di sorpresa. Coinvolsi Maura e la convinsi, controvoglia, a fare dei macabri appostamenti al cimitero, così da svelare l'arcano, prima o poi. Un giorno vedemmo una signora distinta avvicinarsi al sepolcro di nostra madre e, tac, lasciare l'ennesimo mazzo di fiori. Mia sorella, finalmente incuriosita – fin lì mi aveva assecondato come si fa coi matti –, mi disse di conoscere questa donna, che si chiamava Lucia. Lucia era la sorella del presunto amante di mia madre.

Questa scoperta ci permise di ricostruire e dare senso ad alcuni oscuri episodi passati riguardanti Bianca. Da ragazzino avevo avuto l'impressione che ci fosse qualcosa di strano, di segreto. Suonava il telefono e io prendevo la chiamata. "È il carrozziere", diceva poi mia madre. Ma io finii per riconoscere quella voce, sempre la stessa: una volta era il carrozziere, una volta il cartolaio, una volta chissà... Inoltre, notavo che mia madre si guardava attorno prima di parlare piano nella cornetta.

Col tempo questo tizio diventò un riferimento per la nostra famiglia. Se qualcuno, amici o parenti, aveva bisogno, il magnanimo risolveva. Segno di grandissimo amore verso mia madre, di un amore che andò ben oltre la carnalità di due amanti e la segreta complicità di una coppia adulterina.

Mi sono fatto tanti viaggi nella mia testa su mia madre e sulla sua vita. E mi sono costruito il castello che lei avesse un amante (ma ne sono quasi certo) perché era una donna troppo bella per esaurire il suo desiderio di eros in un matrimonio faticoso.

Una volta pensai addirittura di richiedere la prova del DNA. Come avrei potuto fare? Che campione avrei potuto prelevare da mio padre? Dei capelli? Mi domandavo chi sarei diventato se fossi nato da un ricco, quanto diversa sarebbe stata la mia vita, quali ambienti avrei frequentato, se avrei maturato la stessa necessità di imparare, di studiare.

Oggi, invece, mi interessa molto meno che in passato sapere per certo se sono figlio dell'imprenditore. Un padre ce l'ho. Un padre che, per quanto lo veda poco, ha comunque bisogno di me.*

Nonostante fosse una ragazza di campagna inurbata, e quindi piena di remore e timori, la mia mamma era molto disponibile al cambiamento. Una volta la convinsi a fare una cosa inconcepibile per quegli anni; col senno di poi fu davvero un piccolo atto rivoluzionario.

Io avevo dodici anni, frequentavo le scuole medie inferiori. Arrivò in città uno spettacolo di Mina e Gaber, che allora si esibivano insieme. Per noi era quasi impensabile andarci. Era una cosa per ricchi, per gente con l'abito scuro, e noi non avevamo una lira. Ma io volevo assolutamente vederlo, ci misi la tigna tipica del bambino. Mi diedi da fare per rimediare io stesso dei soldi, prendemmo due biglietti tra i meno cari, che comunque erano due bei posti sulla gradinata. Ma non avevamo i mezzi per arrivare al teatro. Mia madre non aveva la macchina, non guidava, così ci andammo in autobus, o meglio in filobus; ne pren-

* Il padre è mancato nei giorni in cui Mauro lavorava a questo libro. [*N.d.R.*]

demmo addirittura due. Bianca era tirata a lustro come si conviene in questo genere di serate, ma restava comunque rustica: maglioncino nero con delle trecce un po' luccicanti. Io ero vestito da bambino, però a festa. Insomma, eravamo due perfetti campagnoli. Entrammo in questo teatro totalmente inadatti, vergognandoci pure un po'. Ma l'imbarazzo passò immediatamente appena partì la prima nota. E lì vidi mia madre sorridere; ci guardammo come se fosse un furto essere felici, e in quel momento, lasciandoci andare, ci rendemmo conto di vivere un'identica emozione. Passammo tutto il tempo a guardare lo spettacolo, a guardarci tra noi e a gioire.

Ricordo e ricorderò sempre, con una gioia fuori dalla norma, il nostro rientro a casa, fatto di pochissime parole ma di tantissimi sorrisi, su quel cazzo di filobus che ci riportava indietro dopo che avevamo visto l'Eldorado, la meraviglia delle meraviglie, la Mina con la minigonna e i tacchi: sembrava un gigante arrivato da chissà quale Paese. E noi lì a bearcene. Per la prima volta percepii il brivido forte che ti dà il talento altrui. Allora Mina mi lasciò una sorta di marchio a fuoco e diventò l'artista che per eccellenza mi evoca quelle sensazioni, quel tipo di felicità.

Bianca non era una madre che censurava, non era una madre che poneva dei limiti, se non le solite raccomandazioni sulla salute, "copriti" e via dicendo. Era una donna molto aperta e con me giocava di gusto. Ma non nel senso che oggi si dà a questo termine, non siamo mai stati amici. Parlavamo di stupidaggini, o anche di cose meno frivole, e credo che sia stata proprio lei a insegnarmi, senza volere, il gusto della differenza. Con lei io non ho mai avuto necessità di confermare o smentire le mie tendenze sessuali. Nessuno in casa mi ha mai chiesto nulla sfacciatamente. Trovo che per certi versi sia un'imposizione orrenda, questa dell'outing che oggi fa tanto moderno.

All'inizio della mia attività cabarettistica, non ebbi bisogno di dirle che cosa io fossi e facessi. Allora stipavo gli abiti di scena in una certa zona della camera, ma lei, di nascosto e senza dire nulla, mi lavava le calze, mi metteva a posto i vestiti. Era bravissima. Era un delizioso atto d'amore.

Quando cominciai a lavorare fuori dalla mia città chiamavo mia madre in maniera ossessiva, otto o dieci volte al giorno: "Come stai, dove sei, cosa stai facendo, sei andata a vedere quel maglione, prendilo, dài", cose del genere. Tutte le mie giornate erano intervallate da telefonate con lei. Certo, quel tipo di rapporto ora mi manca, mi manca quella confidenza un po' stupida, come mi manca persino l'allegria di una donna molto malata sul finire della sua esistenza, che però riusciva ancora a canticchiare mentre cucinava. E mi manca anche il suo stile di vita, fatto di pochissimo dal punto di vista pratico, di storie bellissime che ogni tanto riusciva a raccontarmi, quando avevo la disponibilità mentale per ascoltarle.

Certi suoi racconti di staffetta partigiana mi facevano impazzire, ci infilava dei particolari che non mi sarebbero sembrati così interessanti se non fosse stata lei a svelarli. Come quando si metteva galline, salamini e pane un po' ovunque, fra seno e fianchi, perché, essendo una gran bella donna, ne aveva di forme da utilizzare come nascondigli! Così passava i posti di blocco dei tedeschi, appostati ai piedi delle montagne, per portare da mangiare a suo fratello partigiano. Facendo un po' la *micetta* coi tedeschi, la simpatica sexy.

Ritrovavo in quei racconti il suo tipico stile che conservò anche nella vecchiaia, quando ancora riusciva a mantenere la sua civetteria in ogni circostanza. Fino alla fine, al rientro dal parrucchiere, ci diceva: "Dài, dimmi come sto". Una donna allegra, seppure martoriata dagli eventi.

Recentemente ho fatto un esperimento un po' pesante: scrivere come se fossi Bianca, mia madre. Ho ambientato il ricordo nel periodo della Resistenza, in cui questa splendida donna attraversa più volte, nell'arco di mesi, i posti di blocco dei tedeschi. La scena iniziale è: una donna si veste e si farcisce il corpo di uova (tentando di non romperle), polli morti, salamini, infilati un po' ovunque, per poi uscire di casa, partire in bicicletta (non ha altri mezzi) e cercare di superare con malizia un posto di blocco. I tedeschi, attratti dalla sua bellezza, un vitino della madonna, due belle tette, mora, alta 1,80, e non da quello che ovviamente porta addosso, la lasciano passare pur sapendo che cosa sta per fare. Insomma, mia madre che parte con tutta questa roba addosso. Lì c'è un tale Klaus che la blocca e le dice: "Tu, in bicicletta, dove vai? Hai la bicicletta mezza scassata e vai verso la montagna. Cosa vai a fare, un giro?"

Ho cercato, da una parte, di non tradire nessuna delle informazioni che mia madre mi ha dato su questi episodi e, dall'altra, di restituire il suo modo tipico di raccontare le cose serie e poi improvvisamente fare la sparata: "Però mi guardava le tette e non sapeva che fra le tette c'erano i salamini".

Mi rimane addosso la sensazione di non aver fatto abbastanza per mia madre. Quando era in ospedale io ero poco presente, e quando ci andavo ci stavo il meno possibile. Ero infastidito dalla situazione, non riuscivo a reggerla, a chiedere come stava. Non riuscivo ad andare dal primario a informarmi sulle sue condizioni, perché non volevo ricevere nessuna risposta, non volevo saperne nulla; era una rimozione dovuta al terrore di sentirmi dire: "Non c'è più niente da fare". Ed è stato un calvario fatto di continui ricoveri per diversi motivi e culminato con la scoperta finale, dopo varie operazioni al cuore, di un problema di neoplasia. Allora capimmo che da lì in avanti sarebbe stato un patimento assoluto.

Durante la fase terminale della sua esistenza, dovetti imparare ad accudirla. Stranamente, diventai bravissimo sul fronte pratico. Non posso dire che mi piacesse, però non mi dava nessun fastidio: conoscere mia madre da anziana, intimamente, dal punto di vista del corpo, delle sue necessità, dei suoi bisogni, non mi è stato per nulla sgradevole. Forse ero diventato talmente duro, talmente coriaceo che farle certe operazioni non mi comunicava sgradevolezza, mentre mi portava a una paralisi totale leggere nei suoi occhi la voglia di non morire quando mi guardava e mi chiedeva se c'era aria buona fuori.

Uno dei momenti cruciali della mia vita è stato indubbiamente quello della morte di mia madre. Ho fatto i conti con un vuoto che non volevo neppure colmare, pieno solo di rimpianti impossibili da sanare. Sì, la morte di mia madre ha generato in me proprio questo: una montagna troppo grande di rimpianti, dovuti alla mia incapacità di restituire quello che lei mi dava. Restituire a lei che nulla pretendeva. Non servono a niente i discorsi che ti fanno poi le persone per tranquillizzarti. C'è chi ti dice: "Ma guarda che tua madre era molto contenta di te per com'eri". Niente e nessuno mi potrà mai consolare.

Quando è morta mia madre, ho pensato che non avrebbe più avuto molto senso vivere.

Una sola volta mi è apparsa in sogno. E il giorno dopo ho avuto anche la percezione della sua presenza. Nonostante abbia sviluppato una forte difesa verso ciò che è irrazionale o paranormale, mi è sembrato che fosse in macchina con me, ho sentito un profumo, il suo profumo, e ho chiuso gli occhi. Respiravo profondamente e lei era lì. Da quando non c'è più, tengo un cuscino nella mia auto, mai lavato, che lei usava quando aveva necessità di metterlo sotto le gambe. Me lo porto ancora in giro. Per me è un po' come se lei fosse lì.

Nel sogno mi accompagnava in bicicletta e io, bambino, sedevo sul seggiolino. Nella realtà, quando ero piccolo, ci successe un grave incidente mentre mi portava in bicicletta su uno di quei seggiolini che si appoggiano sopra il manubrio (a quel tempo c'entravo, sì) in un parco di Parma, dove abitavamo. Allora le macchine potevano entrare nei giardini pubblici. Fu così che venimmo investiti da un'auto, ebbi una commozione cerebrale, mi uscì il sangue dalle orecchie.

Una sua collega operaia, la Carmen, tutte le volte che mi vedeva diceva a mia madre: "Bianca, tuo figlio è diventato intelligente perché ha preso quella botta lì..."

A mia madre ho scritto una lettera sola, molto lunga, una lettera che non le ho mai dato. È diventata un libro.* Nel finale arriva lei: la storia è che a un

* *Finocchie*, Mondadori, Milano 2002.

certo punto per sbaglio finisco in paradiso, poi capiscono che è stato un errore, infatti mi rimandano all'inferno a gran velocità. In paradiso, però, l'avevo incontrata. Ho riportato questa lettera perché mi piaceva l'idea di rendere pubblica una parte di me. Il senso della lettera, e anche del finale del libro, è che ritrovare mia madre è l'unica speranza che ho, pur essendo totalmente ateo, pur sapendo che non sarà possibile. Però l'idea è che esista davvero questo paradiso dove una madre impalpabile ti accoglie con la stessa gioia di allora, senza nessuna pretesa, e tutt'attorno senti quel meraviglioso odore di cucina di campagna, e sai che sarà sempre così. Senti cioè che sarai eternamente bambino, un bambino che ha bisogno della mamma e che verso di lei nutre l'unico affetto che abbia un senso, che dia un senso all'esistenza.

Quando guardo le foto di mia madre da giovane, mi stupisco di quanto le assomigliassi da ragazzo. Anche adesso, da travestita, le assomiglio.

L'amore più forte che ho mai provato, e che provo tuttora, è quello per mia madre. Da quando non c'è più. Non c'è niente di così profondo, di così coinvolgente. A tutte le altre relazioni e a tutti gli altri sentimenti possibili manca il senza condizioni, il senza aspettarsi niente in cambio.

MIO PADRE

Il soldato più sfigato dell'Esercito Italiano, la depressione, l'abbraccio mancato

Durante la stesura di questo capitolo il padre di Mauro è venuto a mancare. Il testo che segue è stato scritto in parte prima e in parte dopo la sua morte.

Mio padre si chiama Ugo. Ha vissuto un'esperienza tipica degli anni Cinquanta: lui e mia madre avevano il sogno ridicolo di andare ad abitare in città nonostante fossero semplici contadini (o forse proprio perché lo erano). Lì lui si mise a fare il muratore.

La mia infanzia è stata contrassegnata dalla mancanza di dialogo in casa. Solo con il tempo avrei capito che l'atmosfera era tesa; lì per lì, da piccolo, non avvertivo nessuna sensazione di disagio perché vedevo pochissimo i miei genitori. Più tardi, intorno ai quindici anni, sarei venuto a sapere che mio padre era caduto in una grave forma di depressione dopo essere stato rinchiuso in Germania in uno di quelli che i tedeschi chiamavano "campi di lavoro", ma che in realtà erano campi di concentramento veri e propri. Aveva subito un internamento piuttosto lungo. Era stato uno dei soldati più sfigati della storia dell'Esercito Italiano, perché si era fatto tutto: l'Albania, la Grecia, poi il resto della guerra mondiale, con tanto di deportazione in Germania e di rientro in Italia a piedi durato qualcosa come un mese e mezzo.

A causa della sua depressione era stato molto violento prima che io nascessi. Credo che mia sorella abbia assistito a più di una lite tra i miei genitori e abbia visto mia madre prendere delle botte pesanti, scene che io mi sono risparmiato.

Nel '55 Ugo cominciò a fare l'elettroshock, questo me lo hanno raccontato naturalmente molto tempo dopo. Aveva avuto degli esaurimenti: allora purtroppo si curavano in quel modo.

Rispetto alla vita privata di mia madre, conosco molto meno quella di mio padre. Non so se, come lei, ha avuto un'altra relazione. So comunque che aveva il suo giro. Era un tipo allegrotto che a un certo punto diventò più cauto. Ma mia madre era tosta, e credo che l'abbia messo in riga.

Adesso che lei non c'è più, lui non ne parla quasi mai. La nomina soltanto quando la domenica io e mia sorella lo portiamo in giro e passiamo davanti alla nostra vecchia casa. Lì si lascia andare e racconta di quella volta in cui fecero trenta chilometri in bicicletta insieme. Sempre lo stesso ricordo che gli scatta come un riflesso condizionato, una cosa commovente.

Però, per il resto non la nomina mai spontaneamente, come se fosse un tabù. Credo che covi ancora dentro di sé un dolore muto. Mio padre è uno di quelli che mettono una pietra sopra le cose brutte, ma poi di nascosto la sollevano e forse piangono.

Ha anche altri ricordi sparsi. Stranamente racconta di quando mi teneva in braccio – io non lo rammento affatto – in un parco pubblico vicino a casa. Lo stesso parco dell'incidente che ebbi con mia madre, come ho già raccontato. Di questo episodio lui ricorda tutto per filo e per segno.

Poi ha un altro pensiero ricorrente: tantissimi anni fa andammo da un politico a chiedere una casa, non ce la passavamo bene. Una figura da poveretti. Anch'io ne ho memoria, è stata una delle situazioni più imbarazzanti della mia vita.

Adesso Ugo ha novant'anni e, anche se mentalmente non è più molto lucido, racconta del nostro passato. È tipico degli anziani ricordare cose molto lontane nel tempo e nulla di ieri, purtroppo. Pochi giorni fa mi ha confessato sorridendo – parlava con una certa difficoltà – di non avermi quasi mai preso in braccio. "Avevo paura di farti male."

Per cui non ho memoria di lui come di un padre affettuoso, giocoso. Non so se mi abbia mai portato alle giostre, per esempio. Invece ricordo le sue discussioni a casa la sera, durante la cena. La nostra era una famiglia povera, in cui si doveva stare molto attenti alle spese. Lui ogni giorno teneva i conti su un bloc-notes, mi pare che ci segnasse anche le sigarette. Ci impiegava un mare di tempo, perché non aveva ovviamente la velocità di un contabile. Questo è il ricordo di mio padre in quella fase, per me totalmente assente dal punto di vista del gioco e della tenerezza.

Fra me e mio padre non ci sono somiglianze. Non ne trovo nemmeno una. In passato la nostra totale estraneità somatica ha rafforzato la mia idea di non essere suo figlio, di essere piuttosto frutto dell'amore tra mia madre e il suo fantomatico amante. Oggi, se ho abbandonato questa malsana fissazione è perché siamo così diversi: proprio per questo provo per lui un affetto che non chiamo amore ma che è senza condizioni. So che ha bisogno di me e non mi formalizzo, non mi spavento di fronte a nulla di ciò che lo riguarda. So che non piangerò quando morirà, ne sono quasi certo; del resto non l'ho fatto nemmeno per mia madre.

Ora mio padre sta male, molto male, ed è ricoverato. Lo mantengo io. Adesso lui ha molto bisogno di me. Mi piace l'idea di stargli vicino, di essergli indispensabile anche sul piano economico. Mi dà l'impressione di stabilire un contatto inedito. D'altra parte, io con lui non ho mai avuto un rapporto vero e proprio. Mio padre è stato assente dalla mia vita.

Lui non sa che sono io a finanziare le sue cure ospedaliere. L'avrà intuito, ma ha altre cose per la testa, non ci pensa proprio.

È ancora in grado di riconoscermi. Ma sta succedendo un fatto buffo: Ugo, che ha usato il dialetto per tutta la vita, adesso con un Alzheimer galoppante si è messo a parlare in italiano in una forma addirittura arcaica: "Oh, caro figliolo, come stai?"

"Ma, papà, cosa c'è?"

"Non c'è niente, perché?!"

Con lui ho sempre parlato in dialetto e la cosa non mi è mai dispiaciuta. E ora gli viene fuori questo italiano, roba da matti.

* * *

È morto, dovevo aspettarmelo. Ora che non c'è più acquista maggiore importanza nella mia vita. Sembro freddo, forse sono freddo. In realtà, in questi ultimi anni ho imparato a volergli bene: come devi volerne a un vecchio che ha bisogno di te. Gli bastava vedermi per qualche ora alla settimana. Gli bastava capire che quelle poche carezze e quei pochi baci, mai dati prima e mai ricevuti, erano veri. Però ho dovuto cambiare io: ho cambiato metro, sistema, giudizio. Ho imparato a essere più disponibile e quindi a lasciarmi andare anche a quella forma di compassione che è necessaria per comprendere chi ci è stato vicino. È stato, come ho già detto, un uomo molto malato, che non parlava mai in casa e che non mi ha mai portato da nessuna parte, neanche a fare un giro. Io ero sempre con mia madre, stavo bene con lei.

Nemmeno con mia sorella è stato più generoso.

In generale era piuttosto distratto in famiglia, un po' per la sua depressione cronica, un po' per i suoi trascorsi. Sarà stato risucchiato dalle difficoltà. Ha comunque patito molto e ha dimostrato una grande passività. Era quasi ovvio che gli venissero un figlio frocio e una figlia un po' disastrata come Maura.

Ma forse a dare senso alla sua vita è stata una donna – mia madre – che è stata il suo nettare. Lui, al suo cospetto, risplendeva di luce riflessa.

L'OMOSSESSUALITÀ

La mia contestazione,
la paradossale moda dell'outing, il travestimento,
la merda gigantesca, una vita sessuale caotica
e compulsiva, un deserto intimo

Siamo nei primissimi anni '70. Per me era l'estate dopo la terza media, prima del passaggio alle scuole superiori. Io tenevo il motorino, il Ciao della Piaggio, mentre Roberto, detta la Bambi, batteva in strada. Se ne andava a infrattarsi chissà dove, con chissà chi. Una pazza vera questa qua, meravigliosa ma pazza.

Non ci sono stati né un evento né un particolare momento in cui mi sia accorto di essere omosessuale. Io non credo di avere mai avuto una presa di coscienza vera e propria del mio modo di essere. Né ho mai capito se la diversità sia da intendersi come scelta o come condizione sessuale.

La mia diversità è nata dalla paura delle regole. Da questa paura dipendono tutte le mie storture, le mie scelte di libertà e anche l'omosessualità. Almeno così è stato per lungo tempo; adesso ne sono molto meno condizionato, essendo scampato a buona parte delle cose da cui fuggivo.

Però è stato Roberto il mio istigatore, il primo a farmi mettere piede in questo circo. Circo in cui lui e io ci calammo fino al collo: cercavamo di compensare la nostra presunta cultura, la nostra bravura scolastica – Roberto era un gran secchione – chiedendo in cambio, se non prestazioni propriamente sessuali, qualcosa del genere, data la confusione erotica di quell'età.

Insomma, a tredici anni ero già sulla strada. Non come Roberto che era una mezza travestita, ma c'ero pure io.

Avendo voglia di fare esperienze estreme, nei primi anni delle superiori Roberto arrivò presto all'eroina, mentre io la buttai sulla politica, per fortuna. Entrai nel ruolo del contestatore, parola che mi piaceva molto. E la mia contestazione era proprio quella: la cosiddetta vita della strada.

Ribadisco: per me l'omosessualità è una forma di contestazione, non è una scelta sessuale. È la necessità insopprimibile di non uniformarmi. All'inizio sentivo questa pressione ma non ne avevo consapevolezza, non avevo elaborato l'idea che per me fosse una via di libertà.

La vita degli eterosessuali rappresentava la minaccia di una condanna. Nella generazione di poco precedente alla mia vedevo sparire il buon umore, la lucidità, la voglia, l'energia, e attribuivo tutto ciò alle regole della società, al fatto che dopo un po' i fidanzamenti diventavano delle mezze prigionie, una sorta di lobotomia continua e reciproca. Ero certo di non volere per me questa fine. Non mi volevo ritrovare così mortificato.

Allora come adesso provavo per le donne più che per gli uomini una forma di attrazione non legata al sesso. Al tempo stesso, dentro di me maturava – forse questa è un'ulteriore diversità – il concetto che gli uomini vadano puniti per la loro incapacità di dialogare con le donne. Ancora oggi noto che con il gentil sesso ho rapporti migliori. Per esempio preferisco lavorare con le donne e, se posso scegliere la compagnia per una cena – capita raramente –, chiamo delle amiche: adoro osservarle mentre parlano del nulla in quel modo in cui solo loro sanno fare, quel passaggio discorsivo dall'ultima maglia di Dolce & Gabbana al libro della non so chi. È un mondo meraviglioso che gli uomini si sognano!

Credo di non avere mai parlato della mia omosessualità con mia madre. Non c'è stato nessun episodio che io possa ricordare come un momento di chiarimento in casa, nessun outing. Mia madre non ha mai sentito il bisogno di spiegazioni, al massimo mi buttava lì ogni tanto qualche frase della serie: "Prima o poi devi trovare la donna che va bene a me", parole così, ma innocue.

Con mia sorella, invece, quando ha capito che ero perso, che non ero recuperabile, è stato brutto, anzi orrendo. Aveva paura del mio comportamento sociale e terrore che la gente del quartiere parlasse.

I rapporti fra me e Maura sono sempre stati pessimi fino a quando è morta nostra madre. Fin da giovanissimo io sono stato molto indipendente. A diciotto anni sono uscito di casa, sono andato a studiare a Bologna e facevo una vita già molto *borderline*: manifestazioni studentesche, il travestimento... E mia sorella non lo accettava; tutto ciò era motivo di vergogna per lei, non certo per mia madre. Per anni non ci siamo parlati. Poi, due mesi dopo la morte di nostra madre, Maura ha scoperto di avere un tumore al seno. Io ne sono rimasto turbato, mi sono venuti i sensi di colpa, e ci siamo avvicinati. Da allora abbiamo un buon rapporto, molto stretto.

Ma prima di quell'episodio era tutto diverso. A un certo punto, all'inizio degli anni '90, abitavamo nello stesso palazzo e, per risparmiare, avevamo il telefono in duplex, per cui il numero era lo stesso e potevamo rispondere sia io sia lei. Morale: mi beccò la telefonata di uno che mi ero fatto, tale Antonio di Caserta. Avevo una particolare propensione per i meridionali perché sono meno problematici. Premetto che mia sorella è una vera ipocondriaca. Venne fuori che questo Antonio era proprio un cretino, infatti mi piaceva molto anche per la sua cretinaggine. Insomma, lui cercava me al telefono e mia sorella prese la chiamata. Il casertano disse: "Maura!" intendendo me, e lei rispose di essere Maura. Ma Antonio voleva me e mi chiamava al femminile: si sa, noi facciamo così. Be', lui colse il fraintendimento al balzo e si mise a farle una corte spudorata al telefono: "Dài, come mi faccio tuo fratello mi faccio pure te". Mia sorella andò in paranoia (eravamo nel pieno dell'esplosione dell'AIDS) e non mi rivolse la parola per un bel po'. Tanto che di questo episodio venni al corrente molto dopo. Mi scrisse solo dei biglietti pesantissimi, tipo: "Non ti permettere mai più di dare in giro il numero di telefono", anche se il numero era di entrambi.

Ecco, mia sorella l'ha saputo così, e non c'è stato bisogno di aggiungere altro. Con mio padre, poi, non parlavo di nulla, figuriamoci se con lui potevo dichiararmi gay, magari a tavola mentre beveva il lambrusco.

Quindi nessun outing. Non ho dovuto svelare un bel nulla. Oggi dirlo sembra un obbligo. Trovo spaventosa questa forzatura, il fatto che un ragazzo di paese debba raccontare ai genitori: "Sono gay", a me sembra paradossale. Capisco che a volte scoprire accidentalmente qualcosa che non si sapeva può essere peggio che giungere all'accettazione dopo essere stati informati dal diretto interessato. Comunque, già di per sé accettazione è una parola orrenda. Per fortuna però io con mia madre non ho dovuto vivere un'esperienza così scomoda. Per dichiararsi gay si deve affrontare una roba pesante. A che pro? Migliora la qualità del rapporto? Tu sei più tranquilla se sai che tuo figlio è così e cosà? L'associazione delle madri di figli omosessuali, ma che è? A cosa serve? Se ha lo scopo di mettere insieme tante solitudini, allora va bene. Ma sarebbe anche opportuno che si capisse che l'omosessualità non è una condizione opprimente. Non è che sei un appestato: sei una frocia, punto e basta. Tutte quelle che vanno dalla madre e dicono: "Mamma, sono gay", dovrebbero domandarsi perché lo fanno. Lo fai perché ti piace? Perché ti fa sentire in pace con te stessa? Ma che parte di te hai rivelato? Un DNA storto rispetto a quello degli altri? Non so, lo trovo razzista.

Io ho avuto il privilegio di non affrontare il problema. Allo stesso tempo penso che quella che va in ufficio in giacca e cravatta, e poi esce e fa le peggio cose a cinquanta metri, magari qualche problema ce l'ha; ma è colpa sua, non della società, né dei suoi genitori. Ognuna si faccia il suo bell'esame di coscienza e si chieda: "Bene, sono disposta a uscire alla luce del sole?"

Dirò di più: non ho mai sentito l'esigenza di parlarne con nessuno. È venuto tutto un po' da solo: le frequentazioni, gli amici, l'ingresso in un gruppo già organizzato. La verbalizzazione a quel punto sarebbe stata inutile. Fai già quella cosa, non c'è bisogno di parlarne. Insomma, a tredici anni ero l'assistente di un baby-prostituto che batteva per strada! Roberta detta la Bambi tornava indietro con cinquemila lire se aveva fatto un servizio al solito meraviglioso padre, allo splendido maritino che guarda caso era il cliente più assiduo. E per me era normale che accadesse.

I famosi *gruppi* – non dico quelli di autocoscienza perché li ho sempre odiati, ma le cene *frocie* a cui negli anni '70 partecipavo a un ritmo implacabile – ti formano talmente tanto che dopo devi assolutamente abbandonarli perché non ne puoi più.

L'altra sera ho rivisto *Le fate ignoranti* di Ferzan Özpetek e ho capito che quel mondo non mi appartiene più, grazie a Dio. Nel film appare un universo fatto di regole così come ce ne sono in altri settori della società, in un'atmosfera improntata a un falso buonismo, a una finta solidarietà. Ma dove?! Le cene sul terrazzo al Testaccio stile *Le fate ignoranti* sono l'espressione deteriore di un modo di solidarizzare intorno a qualcosa su cui non c'è nulla da solidarizzare. Le frocie devono tornare a nascondersi, smetterla di considerarsi una specie umana a parte. Prendiamo il caso dell'Arci: io mi sono sempre chiesto come una stessa associazione possa tutelare allo stesso tempo finocchi e cacciatori. Non l'ho mai capito. Che cosa sono, uguali?! È una tutela tout-court: tu ti iscrivi, prendi una tessera Arci e sei tutelato. Ma da che? Da chi?

Certo è che, quando ho cominciato a travestirmi, quando ho messo la maschera, si è presentato qualche problema. Ricordo una reazione un po' tosta a un Festival dell'Unità. Allora quelli della sinistra usavano l'arma della tolleranza, sembravano voler legittimare chiunque con un atteggiamento insopportabile di accettazione, mentre in realtà da un certo punto di vista erano i peggiori. Oggi mi piacerebbe andare alle feste di Alleanza Nazionale – anzi, sono anni che tento di farlo – perché per me sarebbe una vera provocazione conoscere un mondo che mi è totalmente estraneo, e vorrei vedere come questo mondo reagirebbe a un mio show da cantante-ballerina. Ma anni fa, quando non godevo di nessuna popolarità, si andava al Festival dell'Unità perché il PCI aveva la bontà di chiamare i gruppi alternativi, quale noi eravamo: una massa di smandrappati. Quella volta però il risultato fu cicche accese e lattine buttate sul palco: questa fu la risposta del meraviglioso popolo della sinistra di provincia. Tu hai appena finito di mangiare le salamelle al sugo, i tortelli d'erbetta e vai a tirare una bella cicca accesa e via di questo passo.

Allora le urla "frocione", "culattone" erano quasi una regola, e al tempo stesso c'era un ambiente in cui tutto questo veniva bollato come non corretto, non carino. Molti anni dopo avrei scoperto che quelli che ti urlavano dietro avevano paura di te, mentre per quelli che ti tolleravano tu eri assolutamente indifferente: potevi esserci o non esserci, non cambiava nulla.

Davanti a una reazione pesante come quella

del Festival dell'Unità sentivo, non dico vergogna, ma molto dispiacere. Fortunatamente non era la regola. Tant'è che, quando col gruppo ci dedicammo al teatro, l'atteggiamento del pubblico cambiò. Noi avevamo trovato una chiave comica: un bel gruppo di travestite brutte, capaci di fare una sagacissima ironia sui comportamenti ricorrenti e sulle manie delle donne. Questo in pieno femminismo. Facevamo riferimento più alla borghese che alla femminista classica con il gonnone a fiori, lo zoccolo olandese e la borsa da pesca. La signora col giro di perle, sì, che ci piaceva, perché portava con sé tutto un mondo di comicità.

Pian pianino, dopo le lattine sul palco, sviluppai una certa capacità di tenere il pubblico, forse grazie alla mia pratica quotidiana con la radio. Noi "gruppo" diventammo meno donne e più macchiette, e la paura del fiasco finì in secondo piano. Le mie socie erano tutte, quale più quale meno, brave nel trasformismo: una scimmiottava Liza Minelli, l'altra Loretta Goggi. Il locale si chiamava Nove Nove. Interpretammo novantanove personaggi di fila, facendo le peggio cose, tipo i nonni dei Ricchi e Poveri, molto divertente. Io ero l'intrattenitore, loro le artiste. Un po' come quelli dell'avanspettacolo che mandavano dentro le ragazzine, io mandavo dentro queste puttane vecchie, queste travestite brutte. Per il pubblico era esilarante: quando fai ridere è molto più facile che si calmi il grido "Frocione, troia, bocchinara" degli amati Festival dell'Unità, insostenibile non perché non avesse una sottesa verità ma perché in quel modo era veramente brutale.

Al momento non mi rendevo conto di quanto mi ferisse quella deliberata offesa, cercavo di stare su. Solo più tardi ho capito che buona parte del mio irrisolto senso di colpa nei confronti di me stesso è frutto di quel trattamento. Avere tanto patito il rifiuto ti porta a non tollerare più nemmeno l'ipotesi che possa accadere di nuovo, temi sempre di non essere approvato e quindi modelli il tuo comportamento per cercare l'accettazione altrui. Questo vale anche per me che, però, l'ho sempre fatto – e continuo a farlo – in modo molto complicato. Mentre cerco il plauso compio l'operazione contraria. Alzo la posta della provocazione per poter dire: "Se accetti anche questo sei proprio arrivato, sei peggio di me".

Per esempio, a un certo punto allo show di Costanzo avevo cominciato a parlare seriamente, a differenza che nelle prime apparizioni. Volevo essere accettato, volevo un sì che non fosse il solito al quale ero già abituato, ossia la risata del pubblico. Lì, su quelle scomode poltrone rosse, ho iniziato a voler essere capito oltre la maschera.

Agli inizi degli anni '80 ci piombò addosso una sconvolgente notizia: che potevi rimetterci la pelle facendo l'amore. Arrivò l'AIDS. E subito scattò un tremendo allarme per me e per tutte le persone omosessuali.

Scoprii l'AIDS e che cosa significasse in termini di cambiamento di vita quando, nel 1981, andai col mio amico Fabio, detto la Contessa Calva, in America a trovare degli amici. Girammo prima la costa Est, poi la Ovest e ci fermammo a San Francisco, città nota per la sua tolleranza e, di conseguenza, anche ottimo mercato. Gli amici ci avevano prenotato un albergo molto simpatico, in cui il personale imitava dei personaggi famosi. Era un posto popolato da sosia: c'erano Aretha Franklin che faceva le pulizie e Tina Turner che accoglieva i clienti alla reception. Chiacchierando con i ragazzi americani capii che qualcosa era cambiato: il travestimento era in uso molto più di prima, serviva un po' a coprire i buchi generati dal terrore e dalla mancanza di un libero comportamento sessuale.

Una sera fummo invitati dai miei amici a una festa in casa di un tizio americano, e lì ci fu il momento tragico. Mi ricordo che avevano scavato un cocomero verde e lo avevano riempito con non so che cosa di bianco, del gelato, stupidaggini del genere. Mangiammo allegramente fino a che iniziò la fase del dopocena. Noi italiani avevamo portato qualche disco, i nuovi successi della Mina. I nostri amici italiani emigrati in America godevano come delle bestie per quella musica e allora la mettemmo su. A un certo punto uno mi chiese di ballare. Non era molto giovane, fra l'altro, e io non ho mai avuto una grande passione per quelli più vecchi. Pensai: Questa è un po' un cesso, ammazza che brutta! Però, che cosa fai, l'antipatica, e le dici di no?! Va be', la morale fu che cominciammo a ballare i lenti. Una scena raccapricciante: uomini che ballano dei lenti. Oggi non potrei più farlo nemmeno se mi dessero più soldi che per una puntata di *Buona Domenica*.

A un certo punto ci avvicinammo con le teste e scoprii che questo aveva una medicazione enorme dietro un orecchio. Poi, sbagliando totalmente approccio, gli chiesi che cosa avesse, salvo poi notare un altro cerotto che gli spuntava dalla camicia. Così capii tra me e me che avevo pestato la famosa merda gigantesca. Questa è stata la mia conoscenza dell'AIDS.

Negli anni successivi tornai un paio di volte in America, ma era già tutto totalmente cambiato. Come al solito gli americani erano stati velocissimi, i primi in tutto, di un pragmatismo senza precedenti. Avevano risolto tutti i problemi riguardanti l'eccitazione e la sessualità introducendo il concetto orribile di "sesso virtuale". A me viene tuttora da ridere quando mi chiedono: "Ma fai sesso virtuale?" Ma de che?! Però capisco come loro si divertano attraverso questa pratica rassicurante.

Anche in Italia si diffuse l'allarme AIDS con l'arrivo dei primi malati. Da noi fino agli anni '80 più te ne facevi più medaglie avevi da appendere. I figli della rivoluzione sessuale, quella sinistra libertaria che predicava il sesso disinibito, ci stavano a tutto. Io e il gruppo dei miei amici andavamo fuori dalle fabbriche all'uscita dai turni e ci facevamo anche quelli della mattina. Se un operaio del turno di notte, dalle ventidue alle sei, la mattina si trovava una ragazza un po' simpatica davanti ai cancelli, non diceva mica di no: ti infilava nella Panda, sempre che ci entrassi, e ti buttava in una fratta a fare la pazza. Credo che questa nostra generale follia sia stata una maniera per reagire a un diverso terrore precedente all'AIDS: che qualcuno non ti trovasse seducente, non ti accettasse. Quindi, fartene tanti era una continua conferma che a qualcuno piacevi anche se eri differente dalla stragrande maggioranza delle persone.

Per colpa dell'AIDS, purtroppo, qualcuno ci ha lasciato. Non molti, per fortuna, temevo di più. Tra i veri amici del mio gruppo ne è morto soltanto uno. Dico "soltanto" perché, con la vita che facevamo, saremmo già dovuti essere un po' tutti sotto terra.

Ma ci prese uno sconforto ancor più profondo quando dovemmo affrontare i postumi di queste morti per malattia, uno sconforto che provavamo anche se quei casi non ci colpivano direttamente. Tanto per fare degli esempi: un frocio abbastanza ricco, con appartamento, macchina, ma senza eredi, una famiglia pressoché inesistente salvo un parente alla lontana, intestò a un amico, il più bravo nello stargli vicino, il suo appartamento. Insomma, una scena che stringe il cuore. Temevamo di fare la stessa fine. Nella totale assenza di leggi vedere che andò a finire così mi ha dato fastidio.

Un altro caso: seguii in modo particolare un ragazzo di Parma col quale non avevo avuto rapporti, ma che conoscevo bene. Lo feci perché lui mi aveva chiesto esplicitamente aiuto. Vissi la fase terminale, le pillole, le cure.

Una volta venimmo a sapere di una, la Fausta, che nonostante fosse malata faceva sesso liberamente e senza precauzioni. Per vendetta. Era una reazione da panico: "L'ho preso io, lo prendi anche tu". Ma che cosa avremmo dovuto fare noi? Come avremmo potuto avvertire gli eventuali partner? Avremmo dovuto fermare chiunque per la strada? O mettere dei cartelli con su scritto: QUESTA È MALATA, STATELE LONTANI!?

Quando mi trasferii a Milano cominciai a prestare assistenza ai malati terminali. Ma non ho visto nessun morto di AIDS. Da sempre nella vita mi sono rifiutato di visitare le camere ardenti, vegliare le salme, quelle robe lì.

Non sono andato neanche a vedere il mio compagno di banco delle magistrali, Fabio, che morì un giorno in una maniera assurda. Una domenica era andato in montagna con una nostra amica e si erano trovati ad attraversare un torrente. Per non bagnarsi i piedi i due deficienti facevano il saltino da un sasso all'altro, con dieci centimetri d'acqua o poco più. Lei è scivolata, ha battuto la testa e ci è rimasta; lui si è precipitato a soccorrerla: è andato verso di lei, è scivolato, ha battuto la testa ed è morto pure lui. Io non ho voluto vederlo ridotto in quelle condizioni, sono andato solo al funerale.

Comunque, l'immagine che più mi richiama l'AIDS è quella di Los Angeles che mi parlava sul collo, mentre la Mina cantava *Io non ti conosco*. Mi è capitato anche di vedere una truccata, che aveva cercato di nascondere il sarcoma sotto il fondotinta. Non stava male, però qualcosa si vedeva, non capivi se era la puntura di un insetto o altro.

Nei confronti della malattia in generale ho sviluppato un atteggiamento quasi patologico e morboso: ho chiesto al mio fidanzato medico, dato che come chirurgo asporta i tumori, di poter vedere che faccia hanno. Vorrei vedere un cancro com'è, come è fatto, dopo aver avuto una madre morta per questo e una sorella che ha avuto un tumore. Lui naturalmente mi ha detto: "Tu sei fuori di testa, ti faccio curare". Poi è diventata anche un po' una gag, "Portami un organo marcio, portami una metastasi", quella roba lì.

A ogni modo la mia vita sessuale è sempre stata caotica e compulsiva. Ci fu un periodo – a fine anni '70, metà '80 – in cui andare con qualcuno diventò quasi un lavoro.

Frugando tra i ricordi, fra l'assurdo deserto degli anni recenti e l'assoluto affollamento di altri, mi tornano in mente certe sere a Riccione in un posto che poi sarebbe diventato il tanto celebrato

Cocoricò. Lì c'era un prato che avevamo chiamato il prato dell'amore dove chiunque, realmente chiunque delle duemila persone presenti, poteva andare e, se voleva, combinare. Erano baccanali veri e propri.

Negli anni '80 mi ridussi persino alla prostituzione. Mi spiego. Chiesi alla rivista *Babilonia* se interessava un servizio sulla prostituzione maschile. O, meglio, sulla prostituzione dei travestiti. Morale: mi misi a battere con una mia amica, la Claudia dei mercati, così soprannominata perché era sempre a fare la vita in un angolo davanti ai mercati generali. Non si chiamava Claudia ma Alberto; Claudia però le piaceva, suonava bene secondo lei. Feci prostituzione vera e propria per un paio di mesi, prendevo dei soldi se trovavo qualche coraggioso che aveva lo stomaco per pagarmi. E poi riferivo l'esperienza per la rivista, omettendo tutte le ragioni personali che mi portavano ad accettare di buon grado condizioni che per altri erano fortemente deprecabili. Descrivevo il profilo del cliente, raccontavo come avveniva l'incontro, dove andavamo, che cosa ci dicevamo, disegnavo una sorta di ritratto dell'uomo "che va coi travestiti". Ma in realtà la mia vera motivazione in tutto ciò era vedere se completamente mascherato fossi più desiderabile.

Recentemente ho proposto lo stesso servizio alle *Iene*. "Eh!?" mi hanno risposto. Io allora ho detto: "Be', però dovete starmi molto vicino perché non voglio correre rischi. Ci organizziamo con un albergo compiacente per il servizio, io dichiaro, firmo, sottoscrivo che ci sto a farmi portare in camera. Voglio vedere se il malcapitato mi ci porta, se crede davvero che io sia Platinette, se ha il coraggio di prendermi, caricarmi su una macchina e quanto è disposto a pagarmi". Sarebbe stato un servizio fortissimo, ma persino le *Iene* hanno declinato.

Tra i miei "clienti", la maggioranza erano mariti che avevano appena accompagnato al mare le mogli e i bambini, oppure fidanzati tornati da poco dalla discoteca del sabato sera con la fidanzata. Dicevano: "Sai, non mi ha fatto niente", come se avessero delle serve che dovevano fare loro qualcosa per contratto. Era soprattutto gente di provincia, venivano in città per sperimentare il peccato. E si verificavano delle scene davvero divertenti: non ero ancora così pienotta, però non ero neanche molto magra, stavo con una mano sulla parrucca e con l'altra cercavo di combinare qualcosa. Intanto dovevo tenere a mente che cosa mi stavano dicendo. Dovevo comunque prepararmi il resto delle diecimila lire, tariffe un po' basse lo ammetto, ma non si poteva pretendere tanto. Andavo via a trentamila, poi a un certo punto ho detto: "Facciamo venticinquemila". Di solito preparavo i resti prima di essere caricata se no tutto diventava più difficile, e poi non avevo nessuna intenzione di andare al bar dopo i servizietti insieme con questi penosi reietti sazi a spicciare la cinquantamila.

In appartamento era ancora più complicato, perché ovviamente, di fronte a una richiesta di spogliarsi, io e la Claudia ci saremmo rifiutate. Ci facevamo la guardia del corpo reciprocamente, ma per fortuna non è mai successo nulla di spiacevole. Abbiamo fatto secondo me un bel lavoro, e al tempo stesso ci siamo divertite a capire che cosa ci piaceva, cioè il sesso con gli uomini.

Oggi, da quello che ci dicono le nostre colleghe di strada, le cose sono molto cambiate. La richiesta delle prestazioni è esattamente rovesciata: nella maggior parte dei casi i clienti vogliono sostenere un ruolo attivo. Inoltre, le trans hanno totalmente liberato il campo dai travestiti, che ormai sono pochissimi, una rarità come il panda. Queste nuove grandi regine della strada sono versatili in amore tanto da prestarsi a qualsiasi combinazione, non si fanno nella maggior parte dei casi nessun problema di sicurezza e sono quindi particolarmente ambite dagli amanti del pericolo.

L'esperimento di *Babilonia* è rimasto isolato. Non mi sono più concesso il lusso di scendere in strada. Però sono diventato io il cliente, ho pagato qualcuno perché venisse con me. È successo molto tempo dopo, nei pieni anni '90: non avevo ancora fatto il salto di qualità, non ero popolare, ma già cominciavano i primi cedimenti di natura fisica, "Oddio adesso che cosa succederà di me, sono già una vecchia", avrò avuto intorno ai trent'anni, "Oddio che cosa sto diventando". Avevo la sensazione che da quel momento in poi avrei dovuto pagare perché qualcuno venisse a letto con me. A quel punto la cosa non aveva più nulla dell'indagine giornalistica, era un fatto personale. Insomma, ho fatto questa esperienza – e più di una volta – con persone diverse. Il risultato è sempre stato insoddisfacente: tanto più cercano di fare i professionisti tanto peggio è, diventano ridicoli, assumono quegli atteggiamenti da frase fatta: "Ti è piaciuto?" No, no, evita, non c'è nessun bisogno di rivestire di glassa un rapporto mercenario!

E poi gli uomini fanno molta fatica a darsi con sensibilità, possono avere una prestazione sessuale notevole, ma non sanno vendere un minimo di tranquillità, un minimo di buon umore. Per cui lo stato di tensione che accompagna questo genere di incontri mi ha quasi costretto ad abbandonarli. Francamente, dato che si tratta di rapporti consenzienti tra persone adulte, non trovo molta differenza tra pagare una cena a una fidanzata e pagare un servizio.

Vorrei a questo punto liberare il campo da un cliché, diffuso soprattutto in passato: non è vero che la vita erotica degli omosessuali sia più libera, più fantasiosa, più estrema e persino più violenta. È una generalizzazione secondo me inutile che mi capita troppo spesso di sentire. In alcuni casi può essere vero, ma in altri è vero l'esatto contrario. Ci sono coppie omosessuali che vivono rapporti stabili e ne traggono piena realizzazione, e quindi si comportano probabilmente come normali coppie eterosessuali, con le stesse dinamiche. È possibile che non si tradiscano, che non estremizzino il sesso.

Se c'è una caratteristica generalizzabile nella finocchia è quella di abbandonare subito ciò che è passato di moda. L'unica vera qualità che io posso riconoscere alla comunità gay – orrenda definizione – è il fiuto strepitoso per i comportamenti, la capacità di individuare con molto anticipo le mode, di appassionarsi, di viverle e di abbandonarle al più presto per le successive, sotto a chi tocca.

Se penso allo scambio di coppia, a pratiche di natura sadomaso sia pure un po' alleggerite (della serie legare le fidanzate o bendarle o quelle robe lì), credo che oggi siano gli eterosessuali a metterle in atto, convinti di aver vinto il pudore ma non sapendo di essere indietro come l'ultima carrozza del treno.

Fra gli omosessuali, attualmente fa molta più sensazione chi non usa precauzioni. Viene guardato con sospetto ma anche con molto desiderio, essendo cambiato del tutto lo scenario. Se oggi c'è una voglia sessuale residua, è quella di farlo in maniera naturale, senza nessuna protezione. Nell'illusione che si sia sconfitta la malattia. Questa può essere la vera trasgressione: farlo con uno, come avveniva una volta, magari in un incontro al buio in un locale qualsiasi, in una *dark room* dove neanche ti vedi in faccia e non sai chi hai davanti né lo saprai mai.

Nonostante oggi non ci sia più motivo per nascondere la propria omosessualità, c'è ancora molta gente che lo fa. È un genere a parte: una volta le chiamavamo le "velate" oppure le "convinte", le "semiconvinte" e le "non convinte affatto". Avevamo un lessico così variopinto, era meraviglioso.

Tuttora penso che ci sia una differenza fondamentale tra la frocia urbana e la frocia di campagna. La frocia di campagna soffre molto. In provincia non ci sono locali dedicati, non ci sono possibilità di incontro: ci sono amori vissuti in maniera clandestina. Magari uno sta con un vaccaro dell'Alta Valtellina, vive un meraviglioso, grande amore, sta zitto e non lo rivela a nessuno, neanche alla propria ignara moglie. La città invece omologa tutto. Bisogna dire che la finocchia è anche molto omologabile, è una specie di tavola da apparecchiare. Basta che un furbo ci metta sopra qualsiasi cosa. Con questo voglio dire che quello dei gay (non riesco a usare questa parola, proprio mi viene male), insomma quello delle finocchie è un bel mercato. Persone che hanno soldi da spendere, non hanno famiglie da mantenere, ma devono solo pensare allo stile e allo status, per cui sono disposte a fare qualsiasi tipo di spesa rientri nel loro budget. Credo quindi che il denaro sia la discriminante più forte tra chi può concedersi il lusso di mostrare quello che è e chi resta nascosto. Una solida posizione economica ti permette di uscire di casa e andare incontro alla tua strada.

Poi ci sono le "outing perenni". È meglio incontrarle non più di una volta l'anno perché sono molto fastidiose, se no compri un kalashnikov, entri in un locale gay e le ammazzi, sperando che non lancino i soliti urletti rivelatori mentre muoiono, altrimenti la camera a gas e poi basta. Dico ciò apparentemente con tutta la cattiveria possibile, in realtà intendo l'esatto contrario: adoro un certo modo di arricchire la realtà, ma trovo al tempo stesso schifoso che lo si faccia per dovere, come se fosse un lavoro.

Una sera, a Milano, mi hanno portato in un posto, si chiama Company, un locale dedicato agli "orsi", una categoria di finocchi ben precisa: uomini in forte sovrappeso, robusti, possibilmente con molto pelo, somiglianti appunto a un orso. Sarà poco credibile, ma questa categoria vanta degli estimatori, i "cacciatori", che in genere sono l'opposto: atletici, snelli, in forma, più giovani.

Al Company ti sedevi e iniziava la trafila degli sguardi, i tentativi di attrarre l'attenzione, offrire da bere e via discorrendo. Non mi dimenticherò mai una serata così comica. Fra l'altro, ho avuto anche un rigurgito di orgoglio per la mia linea: mi sembrava di essere magro, come quando arrivando in America ho detto: "Ammazza come sono magro", date le bestie che giravano.

Tempo dopo, attraverso alcuni amici ho scoperto un posto nella Bassa Padana, una discoteca gay dedicata esclusivamente agli orsi. Da tutta Italia il sabato sera gli orsi si radunano lì, c'è gente che fa chilometri e magari a casa accampa la scusa di andare all'opera. Alla cassa c'è un'anziana signora, madre dei due gestori. A una certa ora, da discoteca classica con musica dance il locale si trasforma in una balera di liscio. Si vede una sala da ballo tradizionale con uomini ormai non più giovani che ballano il valzer, la polka. È uno spettacolo meraviglioso, di una comicità strabiliante; neanche il più fuori di testa degli sceneggiatori ci sarebbe mai arrivato.

Adesso non esco, non frequento locali, perché ho paura che chi mi si avvicina possa avere un fine. La mia diffidenza è aumentata a dismisura, il terrore è dietro l'angolo. Senza considerare la richiesta diretta ed esagerata di essere aiutati a sfondare in cui mi imbatto di continuo. Valanghe di gente che mi manda dischi, libri, poesie, qualsiasi cosa. Un finto Banderas italiano, tale Giovanni, mi ha inviato un disco con il numero di cellulare scritto a caratteri cubitali e in copertina una sua foto con la camicia aperta per farsi ammirare i pettorali. Tu vedi una roba del genere e pensi: È uno che canta o uno che è disposto a darlo via?!

Certo non ho più neanche voglia di uscire la notte per raccattare qualsiasi cosa, anche perché non c'è più in giro nessuno. Questo deserto della strada, diciamo così, è un segno tangibile di come siano cambiate le cose nell'era dell'HIV. E di come a questo deserto esterno ne corrisponda uno intimo.

IL SESSO

Non mi interessa più, come è cominciata,
voglio umiliare, Angelo il diavolo, le due volte
che mi sono innamorato, le donne mie vere complici,
un corpo inadeguato

Chi ha fatto la peccatrice non diventa all'improvviso una monaca. Però, ammetto che ora per me il sesso è noioso, una pratica come tante altre, lo trovo ripetitivo. E poi obbliga ogni volta a mettere in moto una serie di procedure, ad attivare dei rapporti interpersonali per i quali non ho nessuna voglia di spendere né tempo né energie. Semmai mi interessa di più – lo dico così, crudamente – il sesso sbrigativo; oppure preferisco i rapporti di testa, anche se non danno soddisfazione erotica. I rapporti fisici li voglio all'insegna dell'anonimato più assoluto. Quando accade penso: Questo deve sparire da casa mia entro minuti due e non farsi più vedere per molto tempo, perché non mi piace il gioco della seduzione reciproca nel quale sarei comunque perdente. Così faccio in modo che il malcapitato tagli la corda, evitando ogni smanceria.

Parto dal presupposto di non poter interessare fisicamente a nessuno. Se qualcuno avesse mai il coraggio di dirmi che mi trova seducente gli riderei in faccia. Se fosse vero, lo considererei uno psicopatico. D'altra parte, io non ho nessuna voglia di stare con uno psicopatico né con qualcuno che mi prende in giro.

Ovviamente il problema si è acuito negli ultimi anni: adesso mi trovo ad avere a che fare con pretendenti, chiamiamoli così, che non so mai se mi avvicinino per un secondo o un terzo fine, o semplicemente perché hanno il gusto dell'orrido. Forse sperano di trarne vantaggi economici, tutto è possibile. Parto con molti pregiudizi e preconcetti e, non avendo una grande stima di me, del mio aspetto, mi paro il culo da solo dicendo: "Tesoro, se tu pensi di avere davanti una porta fragile che si apre con la prima chiave che ci puoi mettere, ti sei sbagliato di grosso".

Oggi mi è diventato difficile, se non impossibile, iniziare un qualsiasi rapporto se non c'è una base di solidarietà mentale. Questa però deve essere molto forte, talmente forte che però da sola mi azzera il desiderio. Non so come mai, ma per me è ormai quasi una regola. E una condanna.

Certo, la bellezza mi piace molto. Non vorrei esser preso per un voyeur, ma preferisco guardarla più che impossessarmene, visto che, una volta che te ne impossessi, la bellezza altrui scema, un po' finisce, un po' sparisce.

In passato ho vissuto lunghi periodi di sessualità persino esagerata. Ho avuto molte storie, anche troppe, non riesco a tenere il conto delle persone che ho frequentato in senso orizzontale, soprattutto negli anni precedenti all'AIDS, in cui era molto facile fare sesso. Sesso anonimo, sbrigativo. La tendenza di allora, se c'era una direzione nel mondo degli alternativi come me, era quella di farsene il più possibile.

Gli uomini. Non mi piacciono quelli interessanti: mi piacciono i belli. Ho una propensione verso le persone più giovani, nel rispetto della legalità, perché hanno una vivacità mentale che io non ho più, che forse non ho mai avuto, e quindi mi piace approfittarne. In passato gli uomini erano per me una sorta di territorio di caccia. Dovevo sempre provare la loro inferiorità rispetto alle donne, denigrandoli più o meno silenziosamente. Allo stesso tempo mi servivano: erano una fonte di piacere.

Non so in che cosa abbia cominciato a manifestarsi la mia diversità, se così vogliamo chiamarla: da bambino non mi vestivo da donna, ma nemmeno da maschio; non giocavo al dottore e all'infermiera, quelle robe lì. Magari guardavo i settimanali con maggiore attenzione che per *Tex*. Quello che è certo è che, a tredici anni, un chiaro segnale di diversità c'è stato: usavo la mia bravura a scuola come merce di scambio sessuale. Siamo alle medie, quasi bambini, e un compagno di classe, scolasticamente un'anatra vera e propria ma giocatore di baseball bellissimo, mi chiedeva sempre di aiutarlo a fare i compiti, e io pretendevo in cambio prestazioni sessuali. Questo a tredici anni.

Il mio primo fidanzato era un tipo rustico, di genere un po' campagnolo. La sua famiglia teneva un banco di articoli d'abbigliamento in un mercato generale di campagna. Conoscevo gli orari dei suoi genitori e sapevo che a un certo punto della giornata lui restava in casa da solo. Tra me e me pensavo che, se me lo facevo, poi avrei potuto costringerlo a regalarmi delle cose o a concedermi dei prezzi bassi. Molte volte è andata così.

Con le ragazze, invece, non mi interessava applicare questa strategia perché il sesso con loro non era prioritario. Quando c'è stato, è stato di altra natura, ossia con una complicità, se possibile, quasi femminile, come se con loro rivelassi senza rendermene conto la mia parte di femminilità. Le donne gradivano molto. Non ho mai avuto rapporti mercenari con loro, mi piacevano proprio, come mi piace tuttora vederle e starci insieme.

Oggi le mie amiche femministe di un tempo sono quasi tutte sposate, hanno case strepitose, mariti professionisti, e sono talmente noiose da risultare meravigliose se frequentate una-due volte l'anno. Ti descrivono un mondo al quale non puoi credere. E non è più il mondo di una volta. Adesso io sembro rivoluzionario, fuori dagli schemi, mentre loro appaiono integrate; in realtà sono totalmente alterate, delle pazze vere, delle disadattate spesso infelici, appagate soltanto dal lusso ma incapaci di vivere delle esistenze decenti.

Insomma, con le donne c'è ormai un'attrazione fatta esclusivamente di tenerezza, perché il sesso con loro è troppo pretenzioso, mentre gli uomini possono essere umiliati più facilmente. Mi piace metterli in condizioni di difficoltà. Forse è una difesa, probabilmente lo faccio perché non lo facciano loro con me. Di base secondo me c'è la paura del rifiuto, paura che uso come il ragno la tela: vedere quelle facce un po' imbarazzate, osservare come cascano nella rete della babbiona, maliarda però stronza fino in fondo, è la mia ricompensa. Mi piace che vadano via dopo aver perso qualcosa della loro dignità; per me è un bel risultato, salvo che è ormai diventata una routine viziosa, un atteggiamento coatto, per cui lo devo rifare, e lo devo rifare. Tutto ciò con un'assoluta assenza di sentimenti, di amore che, non appena si manifestano, mi costringono immediatamente a tagliare la corda.

Con le donne questo non mi è mai successo. Non nutro nessun desiderio, nessuna voglia di far subire nulla a una donna. E poi non c'è nessuna attrazione fisica che inneschi la dinamica. Invece con un uomo, soprattutto se bello, mi viene da pensare: Tu, se fai il passo per scendere nell'inferno del sesso con me, devi patire quello che patisco io sempre, te lo devo far provare da vicino. Così, quando ti bruci una volta, poi sai che cosa significa. Bene, vai via con la testa bassa e la coda tra le gambe e provi quello che generalmente non provi mai perché la tua bellezza, il fatto di essere attraente, te lo impediscono.

Ma che cosa patisco io mentre faccio sesso? Patisco l'ansia del tempo; non voglio che duri troppo per non dovermi mostrare in difficoltà. Per fortuna in genere mi soccorre il mio atteggiamento ironico: se mi stendo con qualcuno, il letto si sbilancia perché sono più pesante. Be', è una scena ridicola, come ce ne sono molte altre nel sesso. Ci sono uomini che ti garantiscono la risata. Per esempio, i palestrati un po' stupidi che ci tengono a mostrarti la loro bellezza, si mettono in posa, ti fanno l'esibizione da culturisti. È un momento di comicità meravigliosa che producono inconsapevolmente, non riuscendo a mantenere un distacco, identificati come sono nel culto del corpo. Per loro farsi guardare è un bisogno, e farsi guardare da uno che non è affatto attraente li fa godere, perché capiscono che lui dipende dalla loro bellezza. Allo stesso tempo, però, non sono capaci di capire che stanno rendendosi ridicoli, perché un uomo che si mette in posa da culturista, ti prego, proprio no...

A letto, inoltre, non tollero i dialoghi. Sono sempre grotteschi. Che devi dire? Due uomini, poi, cos'hanno da aggiungere?

Eppure mi è successo di incontrare persone godibili sia fisicamente sia mentalmente. Il primo a cui penso è Marco, un mio compagno di classe del liceo.* È un episodio di un mucchio di anni fa che mi ha segnato la vita. Dopo di lui, che era l'incarnazione della convivenza tra corpo e testa, ho messo mano alle mie difese e ho costruito degli steccati, anzi ho scavato una trincea, perché non volevo più capitare in una situazione di tale sofferenza. Ma poi è accaduto di nuovo. Ed è stata ancora più complicata: con un ragazzo molto più giovane di me, attualmente caposervizio di un importante quotidiano. Allora lui lavorava in una piccola radio privata e, nonostante la giovanissima età, era desideroso di fare carriera e molto più capace di me di spendersi per ottenere risultati. Evidentemente aveva una predisposizione verso le mie caratteristiche fisiche. Ci sono anche dei pervertiti – per me sono tali – a cui piacciono gli uomini in carne, non capisco come possano, però cazzi loro.

Questo ragazzo era ancora minorenne, mentre io avevo dieci anni più di lui. Perciò, ero terrorizzato non soltanto dal punto di vista legale, ma anche perché non mi era mai successo prima di innamorarmi di una persona tanto giovane, non sapevo che cosa volesse dire. Morale: cominciammo a vederci per questioni politiche, i gruppi-cellula della sinistra di allora, poi facemmo un viaggio d'estate, per tutta l'Italia, con una scassatissima Citroën DX, il famoso "squalo". Andammo da Parma a Messina dormendo in macchina, e alla fi-

* Vedi capitolo AMORE.

ne io c'ero proprio dentro fino al collo. Mi piaceva la sua fisicità. Era un ragazzo tosto, grosso, ben piazzato, moro, con labbra carnose, occhi scuri, latino, molto prestante, e al tempo stesso mi piaceva il fatto che potesse essere il mio alter ego; vedevo la sua voglia di venir fuori, di fare qualcosa nella vita. Tutto questo, anziché provocarmi una sospettosa repulsione, mi faceva provare un'attrazione ancor più forte.

Da lì per un paio d'anni siamo andati avanti nel disastro totale. Lui ovviamente non voleva che nessuno sapesse, ma sua madre venne a scoprirlo. Una nostra comune amica si innamorò di lui, quella "chiatta", e rimase incinta. Così si sposarono, ebbero questo figlio, poi una seconda, e io non sono stato più amico né di lei né di lui.

L'ho incontrato di recente a Torino e ho sperimentato che non mi interessa più. È diventato quello di cui io ho paura: un marito, un padre, uno per bene. Mi è preso un colpo, si è anche tanto imbruttito e sedato, come se il matrimonio fosse una terapia a base di pillole calmanti e di ipnotici. Mah...! Un incontro davvero deludente. Non so che cosa gli sia successo: con me non era così.

Tra le varie avventure, c'è un evento che voglio raccontare. Mi piaceva alla pazzia un certo Angelo, napoletano, venuto a Parma a fare il muratore. Io lavoravo in un giornale come praticante, lui imbiancava i soffitti della redazione. La solita storia che tu passi, noti, saluti con malizia e sguardo fisso, diciamo una routine cinematografica. I meridionali devono essere molto più predisposti all'incontro occasionale, poi dopo non si ricordano neanche più chi sei, magari. Associo quest'avventura a un periodo di confusione: ero alla scoperta della musica, allora di vitale importanza, molto rock, molto sesso e molta droga. Molta droga significa che passavo dalla buccia di banana essiccata sul davanzale ai cannoni che all'epoca erano veramente forti, non come queste stupidaggini leggere che si fanno ora. A ogni modo, ho avuto poca frequentazione con la droga, perché ho scoperto che quella leggera fa mangiare, ti viene la fame chimica. Le droghe pesanti non le ho mai toccate, mi fanno terrore, non mi sarei mai fatto di eroina. Confesso d'aver assunto cocaina e provato una mezza pastiglia di ecstasy in un periodo in cui non era ancora diffusa in Italia, me la portava un amico dall'America, nascosta in una confezione di detergente per struccarsi. Forse non era nemmeno ecstasy, chissà che porcheria ho mandato giù. La cocaina mi faceva stare sveglio; io però, per costituzione fisica, devo dormire almeno otto ore, altrimenti sto male, quindi fine del gioco.

Torniamo ad Angelo. Complice la droga, l'effetto rimbecillente di un cannone lungo così, Angelo mi propose, tra una mano e l'altra di bianco, una roba a tre, hai capito che angelo!? Non era un triangolo con una donna, ma con un terzo maschio, cose che ho sempre rifiutato, non mi sono mai interessate. Se non fossi stato fumato l'avrei trovata un'idea ridicola: non sai dove metterti, e poi per fare cosa? Alla fine pagai io una camera di un albergo vicino alla stazione, un posto di una tristezza unica, spoglio, grigio. Organizzata la notte con questi due e appena chiusa a chiave la porta, capii che non faceva per me; forse, sfumato l'effetto dello stupefacente, mi sentii decisamente fuori luogo. Feci giusto un po' di ciarabaccole per dare senso alla serata, e a un certo punto mi rivestii e me ne andai lasciandoli lì nella camera. Mentre raccoglievo calzoni e camicia, con le scarpe in mano, dissi: "Guardate, non c'è problema, la camera è già pagata, quindi voi rimanete finché vi pare, vi saluto". Impagabile la loro faccia.

È stata la prima e unica volta che ho cercato la promiscuità. Da allora non è più successo, non c'è più stata l'occasione. Il che in ambito omosessuale suona strano: i miei amici mi hanno raccontato storie indicibili, mucchi umani intrecciati. È vero infatti che una certa parte della comunità attribuisce al sesso un valore esagerato. E infatti capita che mi dicano: "Non capisco come mai tu sia così disinteressata al sesso".

Non posso spiegare ciò che non so nemmeno io. Penso solo di aver fatto tanto per punire gli uomini di qualche cosa che non mi è ben chiara, e il risultato deve essere questo disinteresse per la materia.

Stare con una persona e non avere rapporti. È quello che mi sta capitando con un uomo da qualche anno. Per essere precisi, non è che non abbiamo rapporti, ma sono molto sporadici. Credo che lui sappia che puttaneggio in giro, e parecchio, ma sa anche di essere lui il mio referente principale. A un certo punto, infatti, ho capito – per una forma egoistica di insicurezza – di dover fare riferimento a qualcuno che si preoccupasse realmente di me. Non posso sottrarmi al destino; se c'è uno talmente disgraziato che ha voglia di prendersi cura di me, faccia pure, ben venga. E poi è persino un medico, che è sempre utile avere in casa, non si sa mai: se hai bisogno di una ricetta, se vuoi sapere che cos'hai...

Da quando conosco quest'uomo, per me con il tempo sono aumentate man mano le telefonate ed è diminuita la voglia di certe cose. Lui invece è rimasto più appassionato. Dopo un po', in me entrano in moto altri fattori, mentre mi diventa difficile trovare qualcuno che mi abbraccia a letto, qualcuno con cui essere arrendevole, con cui non mettere barriere. Quando però si arriva all'abbraccio, scopare diventa ridicolo. Sembra contraddittorio, ma il sesso in quel caso mi pare superfluo. È come se avessi già superato il rapporto, fossi già andato oltre.

In me la voglia di scopare resta, lo verifico con altri, ma con lui no. Se devo fare un giro a un mercatino d'antiquariato una domenica mattina, come ci capita, vado con lui. Non lo faccio con uno tirato su la sera in un locale malfamato quando ho voglia di toccare il fondo. Quello ha il suo ruolo ben circoscritto, direi fisiologico. Anche se non ne ho il fisico, mi sento un po' come una mangiatrice di uomini, una di quelle donne che usano i maschi e poi li buttano via. Ed è una parte che mi piace.

Donne. Ne ho avute tre. La più importante è stata una ragazza giovane all'inizio delle scuole superiori. Petting o poco più. Un bel rapporto, la sento tuttora. Arrivò in seguito una donna fondamentale, la fidanzata con la quale feci la maturità; poi si mise insieme con il giornalista con cui ho avuto quella storia tormentata. Era una ragazza molto bella, un genere strano, come piaceva a me: molto raffinata nel vestire, con un bel fisico, molto magra, secca. Rimase incinta ma non ebbe mai il bambino. Provai a mantenere un rapporto con lei, ma suo marito non voleva e non vuole tuttora saperne. Ha proprio bruciato l'idea. Anche questo fatto mi ha dimostrato che le famiglie sono luoghi di ricatto, non di reciproca solidarietà.

E infine ne ho avuta una terza che conobbi a Parma al giornale dove lavoravo. Era una praticante come me. Con lei aprii un negozio di abbigliamento. Era una donna sposata più anziana di me; ci furono degli incontri di sesso, belli però limitati.

Della seconda ho un'immagine nitida. Andammo a una festa e cominciai a rivelarle qualcosa di me, della mia vita parallela. Poi la invitai a una serata di capodanno in cui mi esibivo da travestita. Lei reagì morbidamente, capiva che la storia era andata, era già finita tra noi. Il fatto curioso fu che lei vide coi suoi occhi il mio nuovo mondo e venne così a rappresentare la cerniera tra la mia esistenza diciamo normale, tradizionale, e la vita che tuttora conduco.

L'ultima donna, divenuta poi una stilista, fu la prima a farmi i vestiti. Le portavo le stoffe, le dicevo come volevo apparire. Il nostro fu un rapporto leggero, non vincolato da morbose richieste sentimentali o sessuali, per cui fu possibile una complicità che rese la mia stravaganza accettabile ai suoi occhi.

A ogni modo, trovo significativo che le due donne più importanti siano state le mie vere complici. Forse da questo genere di rapporti mi è scaturita la convinzione che le donne siano più versatili, più abili nell'affrontare situazioni impreviste. Da lì dipendono forse anche le mie riserve e difficoltà nei riguardi degli uomini. Non solo con loro mi è più difficoltoso rapportarmi sul piano sessuale, ma con un uomo tradizionale, diciamo eterosessuale, trovo più complicato persino essere spiritoso, penso di non essere capito né corrisposto. Inoltre, raramente gli uomini mi fanno ridere.

Con le donne invece mi piace vedere che ci godono delle mie battute, che rispondono, che mi seguono. Gli uomini, al contrario, fanno resistenza pensando che ci stia provando, mentre io devo sempre dimostrare a me stesso di poter piacere a qualcuno senza per questo portarmelo a letto.

A ogni modo, uomo o donna che siano, un mio problema – insolubile – resta la postura nell'amore. Credo che sia comune a molte teste intelligenti. Non so come faccia Ferrara, non so come faccia Costanzo, non so come facesse Aldo Fabrizi a suo tempo.

Una soubrette molto famosa negli anni '70 mi ha raccontato una sua relazione con un noto imprenditore edile. Quest'uomo aveva un cazzo piccolo, e allora poteva usare il potere, poteva guadagnare miliardi, poteva anche far cementare in un miniappartamento sei-sette vittime della mafia, roba che tu appendi un quadro e salta fuori una faccia... Alla fine il suo problema era che gli bastava una seghina fatta da questa soubrette ed era contento come una pasqua, ma non scopava.

È una vera difficoltà quella di avere un corpo inadeguato all'amore, di qualsiasi tipo di inadeguatezza si tratti. Pensi sempre che nessuno lo desideri, che nessuno lo voglia e via discorrendo. Questo è un ostacolo per me quasi insormontabile, credo che lo rimarrà per tutta la vita.

C'è una frase di Aldo Busi che negli ultimi tempi mi sta ossessionando: "Senza un filo di disprezzo non si prova attrazione". Quelli che mi piacciono, e che mi farei, in fondo un po' li voglio colpevolizzare. Non so di che cosa. Li voglio trattar male e quindi li devo disprezzare; mentre chi amo sul serio non riceve nulla di questo trattamento, ma riceve anche meno sesso.

Pare ovvio che, se si ama una persona, la cosa che più si desidera è farci l'amore. Non è il mio caso. Tendo a distinguere perché per me il sesso è un peccato e perciò lo devo fare da vero peccatore, macerato nel peccato, con una persona che in fondo un po' odio. Quindi con un uomo possibilmente più giovane, più bello, però disprezzandolo, mandandolo via, facendolo sentire un po' male. Che poi, si sa, i belli si offendono con poco.

AMORE

Il primo amore, Marco che mi ha lasciato
cinquanta chili addosso, il chirurgo, il palazzo marcio,
l'architetto e l'operaio

Il mio primo grande amore mi ha lasciato dei lividi indelebili. Mi ha scaricato proprio bene. Dopo la lunga assenza per il militare, torna a Parma e si compra un vecchio Maggiolone Volkswagen, bellissimo. Anche se non corre più buon sangue tra noi, decidiamo di vederci e di fare un giro. Be', non passa neanche il tempo di salire e cominciamo a litigare in maniera furibonda. Lui, alla guida, mi fa passare davanti il suo lunghissimo braccio destro, apre la mia portiera e, via, mi spinge fuori dall'auto in corsa... Mi butta giù per strada, come una cicca. Un modo assai elegante di chiudere la conversazione! Io rotolo giù per una scarpata e finisco in un fosso con le rane, una scena proprio disgustosa ma anche molto ridicola. Torno a casa a piedi, bagnato fradicio, capisco che è finita e comincio la mia discesa agli inferi.

Ve lo presento: il giovane in questione si chiama Marco. Gli devo molto. In un anno ingrasso cinquanta chili, da ragazzino magro quasi patito che ero, col petto da pollo, faccio un terribile salto.

Ho tentato molte volte di riassumere un aspetto normale. Poi, però, ho capito che una corazza così evidente mette al riparo da quel famoso gioco delle seduzioni di cui ho il terrore. Io non voglio essere desiderabile per nessuno. Perciò ho pensato che in queste condizioni non sarei più piaciuto e non avrei più rischiato nessun genere di caduta di stile. Insomma, così ero protetto dal gioco dei desideri, per cui non correvo più il pericolo di sentirmi dire un no.

Allora frequentavo l'anno integrativo dopo le magistrali per poter accedere all'università. Volevo iscrivermi a Lettere Moderne. Ma, visto che avevo bisogno di grana, il pomeriggio lavoravo in una gelateria. Lì, un cono lo magnavo e uno lo facevo. Non saprei dire quanti chili di gelato di tutti i gusti mi sono strafogato, senza gusto. La mattina, invece, mi davo a un alcolismo sfrenato, della serie caffè corretti, grappe; e poi cibo, cibo a volontà, spedizioni al frigo, e ancora grappe, e cibo con la pala, a piene mani. Il cibo era diventato il mio rifugio, l'attività autodistruttiva per non pensare a questa storia, per farmene una ragione. E mangiavo, rimangiavo, mi gonfiavo, bevevo. Nessun vuoto si colma ingoiando alimenti, ma io non sapevo far altro.

Questo è stato Marco, una storia mai realmente cominciata e finita malissimo, un sogno straziato troppo presto.

Marco era di poco maggiore di me: bello, biondo, un metro e ottanta, occhi verdi. Con lui toccai il punto più alto della mia vita sentimentale. Poi precipitai in un baratro dal quale – in un certo senso – ancora cerco di uscire. La storia risale ai tempi del liceo. Due ragazze della classe di fianco alla nostra ci avvicinarono e ci proposero di studiare con loro. Qui gatta ci cova, pensai. Subito Marco e io ci mettemmo ciascuno con una di loro. Fin qui, nulla di strano. Ma il vero eros era tra me e lui, e le ragazze non ne sapevano nulla, nemmeno potevano sospettare che cosa succedesse tra noi maschietti. La situazione si fece meravigliosa, ideale. Era il gioco del doppio. Capii da subito che era quello che mi piaceva perché mi permetteva di vivere due vite, ma non ci vedevo né ipocrisia né falsità.

Io stavo con lui. Quando studiavamo con le nostre due fidanzate ignare, i nostri sguardi d'intesa erano il massimo che potessi pretendere. Ma il gioco finì presto; poco dopo la maturità, una volta diventato grande, il giovane Marco decise di partire per il militare. Io crollai in una depressione nerissima e cupa. Marco non chiese rinvii, non voleva studiare, non voleva fare un cavolo, voleva andarsene e basta. E fu come se partisse per allontanarsi da me, per farmi del male. Non sapevo come venirne fuori, e questo fu l'anno del mio crac totale. Lui lasciò la fidanzata; insomma, fece piazza pulita in maniera radicale. Voleva diventare adulto e dare un taglio netto. Vabbe', addio.

Ma la catastrofe era appena iniziata. Non bastava questo strappo. Venni a sapere che aveva iniziato ad avere una relazione con la mia fidanzata, che si scrivevano, lui da Udine, lei da qui, da Parma, magari dopo essere uscita con me. Tornava a casa e rispondeva con carta, penna e tanto amore.

Mi sembrò un dispetto, un'offesa volontaria a mio danno, almeno io la vivevo come tale. E, pur sapendo, continuavo a stare con lei. E che cosa di peggio poteva succedere? Che lei – la mia fidanzata, ormai anche sua fidanzata – rimase incinta di me. Avevamo diciotto anni e non c'era nessuna legge sull'aborto, per cui tutto fu notevolmente penoso e complicato. Lo sarebbe stato comunque, figurarsi immischiati in un simile triangolo amoroso! Alla fine, non avendo scelta, decidemmo per l'interruzione di gravidanza. La ragazza chiuse con me, perché rappresentavo evidentemente la causa di un trauma, ma continuò la storia a distanza con Marco.

Lui venne a trovarla appena poté; durante le licenze non vedeva nessun altro, si buttò a capofitto in questo amore rapinato. Avrei potuto reggere? Non si tollera tutto ciò a quell'età. Ma, invece di lasciar perdere, mi accanii perversamente.

Non mi mancò nemmeno il colpo di scena: a Udine Marco si fece un tipo! Ebbe una storia con un uomo. Trovai la cosa insopportabile.

Non so come venni in possesso di questa notizia, non mi ricordo la fonte, ma è anche vero che spendevo molta parte del mio tempo in spiate.

Quella di controllare è una mia mania: mi piace molto chiedere informazioni, devo sempre avere tutti i dettagli, altrimenti impazzisco. La considero una forma di attenzione; può sembrare magari una stronzata galattica, invece no, è l'unico modo che io conosca per dimostrare reale interesse nei confronti di qualcuno.

Marco ebbe una relazione – forse di natura mercenaria – con questo tizio sconosciuto. Credo che possa succedere durante il periodo del militare. Di fronte a un uomo che propone del denaro, alcuni possono cedere. E siccome Marco aveva una passione per l'oggettistica di moda e a diciannove anni se ne andava in giro con un Rolex... deve esserci stato. Non so che cosa mi diede più fastidio, se questa soffiata o la scoperta che si stava vedendo con la mia fidanzata. Comunque Marco voleva bruciarmi.

Mi rendo conto che è una storia complicata, difficile da afferrare e persino per me da ricostruire. Allora si vivevano in un altro modo i rapporti. Il fatto che passassi indifferentemente da Marco, e non solo da lui, a lei – la nostra fidanzata rimasta solo con lui – era per me normale. Era quasi obbligatorio farsene il più possibile. Certo, amavo lui.

Nella mia fantasia non era un fidanzato vero e proprio, ma era quello che gli assomigliava di più. Nella pratica era un compagno di classe, punto e basta, e neanche di banco. Esteriormente eravamo due scolari che facevano la strada insieme.

Ma quello che mi consumava veramente era il tradimento con la mia ragazza, perché secondo me c'era della vendicatività da parte sua, voleva farmela pagare per dimostrare a se stesso la sua eterosessualità e a me la mia incapacità, la mia inferiorità nei suoi confronti. E questo, ai miei occhi, lo rendeva persino più intrigante.

Se non fosse ancora chiaro, finimmo a letto insieme. La prima volta facemmo sesso in vacanza al Lido degli Scacchi, sopra Milano Marittima. Lì mia sorella Maura aveva preso in affitto un appartamento con un'amica; in quel periodo era molto modaiola, dava fondo a tutto il suo desiderio di libertà. Mia madre, incauta, diede il consenso perché andassi con lei. A una certa ora della sera Maura usciva, e chi cacchio la vedeva più fino alla mattina successiva? Era con la sua amica Anna Maria, una tipa strana, drogatissima, una tizia proprio esagerata, mi sembrava un vero travestito; poi purtroppo, poverina, è morta di cancro, è morta male.

L'appartamento aveva una seconda camera da letto, più grande di una singola ma non enorme, sufficiente però anche per un'altra persona. Ovvio come l'acqua fresca: invitai Marco a venire in vacanza con me qualche giorno al Lido degli Scacchi. Ci ritrovammo una sera sul balcone di questo appartamento. Era un posto triste, un condominio in una zona bonificata da Mussolini, e più in là c'era il mondo; vedevamo in lontananza le luci di Milano Marittima, i ricchi, e noi eravamo buttati lì, periferici fino al midollo, entrambi stranamente emozionati. Per la prima volta lui si lasciò andare, ci dicemmo che stavamo bene insieme. Fu un attimo andare in camera da letto. Io accelerai molto i tempi: avevo il terrore che Marco ci ripensasse. E per la prima volta facemmo sesso in maniera completa, però con un corredo di lacrime – lo ricordo bene –, non so se di gioia o di che cosa. Capii che era l'inizio di un disastro senza precedenti.

Alla fine di quella vacanza ci fu l'azione di disturbo di una nostra amica, ricca, figlia di un primario, che moriva per il "mio" Marco. Era una chiacchierona un po' antipatica, una di quelle che credono di avere il mondo in mano. Ebbene, decise di venire al mare da noi, accompagnata dal padre e da un autista. Ci convinse (o meglio convinse Marco, ma me molto meno) a portarci a fare un giro e poi a darci un passaggio per rientrare a Parma. Così fu. Tornando a casa, io e Marco ci parcheggiammo sui sedili posteriori, mentre lei se ne stava davanti. Per tutto il tempo del viaggio io gli strinsi la mano, coperto da un enorme omino Michelin gonfiabile, acquistato a una stazione di servizio dalla capricciosa viziosetta... Questo accidente così ingombrante velava perfettamente i nostri gesti sconvenienti. Arrivati in città, ci facemmo lasciare tutti e due di fronte casa mia, con la scusa che abitavamo vicino.

Vedere l'auto che filava via veloce fu molto piacevole. Non persi tempo e con uno stratagemma lo portai in garage. Gli avrò detto: "Aiutami a portare la borsa..." insomma una stupidaggine, in quello ero bravo, trovavo sempre la scusa giusta. E lì, nel buio del garage, feci la mia avance. E mica mi accontentavo; dico: "Ora che abbiamo aperto il portone, che cosa facciamo? Lo chiudiamo subito?! Eh no". Ma siccome Marco non era della stessa idea mi rispose molto chiaramente: "Questa non è la vita che voglio, io non sono come te". E lì chiuse la porta. Me la sbatté in faccia.

Per quanto sicuro di sé, Marco doveva aver provato nei miei confronti un'emozione particolare. Per interposta persona mi fece avere un libro che ancora oggi conservo, il *Corydon* di André Gide, con una dedica: "Per quello che non è mai stato, per quello che è e che non sarà mai", una roba un po' da Baci Perugina, che però mi fece capire senza possibilità di appello che, per quanto lui si sentisse attratto dal tipo di vita che io rappresentavo, il suo campo era tutt'altro. Be', non la presi benissimo, per quanto gli riconosca d'aver usato un certo tatto. Ma poi la relazione degenerò, fino al cinematografico volo dal Maggiolone che ho già ricordato. Da lì in avanti presi a tirargli tanti di quegli accidenti – come fanno tutte le persone tradite – che in pochi anni passò a fare davvero una vita di merda.

Quanto a me, nemmeno dopo averlo perso di vista mollavo l'osso, né smettevo di chiedere informazioni a chi me le poteva dare: alla bottegaia, alla fruttivendola... insomma, volevo sapere ogni cosa, che fine aveva fatto il mio tiranno. Credo che tutti sapessero quale fosse il mio reale interesse nei suoi confronti, ma nessuno osava chiedermi apertamente nulla; ed era ovvio che, se facevo tante domande... uno più uno fa sempre gay.

Attraverso la mia rete di spionaggio scoprii che, a un certo punto, era andato a fare il boscaiolo in Canada. Dev'essere stata un'esperienza molto brutta per lui. Tornò qualche anno dopo in uno stato orrendo, un mostro, tanto ingrassato da far sembrare me al confronto una silfide. Mi dissero che beveva molto. Quando rientrò in Italia si rinchiuse in casa con una donna sciatta come uno zerbino mai lavato.

Con Marco feci sesso una seconda volta, e lo feci molto bene, da vera troia come in poche altre occasioni nella vita. Lui aveva la passione di andare a pescare. Io non ho mai capito perché gli uomini devono perdere delle ore con una canna in mano, però quella volta non stetti tanto a guardare... Voleva portarmi sul Po; c'erano circa quindici chilometri di strade di campagna da fare per forza in bicicletta, perché era il periodo dell'austerity – l'ho odiata più di qualsiasi altra cosa – e non si poteva usare niente che non fossero i piedi e le gambe per pedalare. Finimmo a Mezzano Inferiore, sull'argine del Po. Marco si spogliò, io meno perché non volevo prendere troppo sole. Lui pescava e intanto si abbronzava. Il resto è più sconcio: con il suo corpo perfetto e questa cacchio di canna in mano, si mise seduto con le gambe sollevate e stese, aperte a novanta gradi, tipo santone indiano. Io cercavo riparo all'ombra, ma non c'era nemmeno una pianta nei dintorni e l'unica benedetta ombra era quella generata dalle sue gambe. Così, senza chiedere permesso, ci infilai sotto la testa. Il resto venne da sé. Fu indimenticabile, e bello. Ah, quanto ci divertimmo! "Sposta 'sta canna", gli dicevo, e lui rideva e le sue risate mi davano una gioia rara.

Certo trovo ancora difficile spiegare come possa essere accaduto tutto ciò. La storia parte dal quartiere, da certi pomeriggi senza i genitori in casa; parte dal fatto che lui era lo "strabello" della zona. E però, essendo poco studioso, venne bocciato e dunque successe un fatto provvidenziale: me lo trovai in classe. Diedi inizio a un lento, inesorabile pressing, fatto di camminate infinite e per me stancanti – non ho mai amato fare più di due passi per volta –, di ore passate sui libri pensando naturalmente a tutt'altro. Intanto scoprivo pian piano una persona molto affascinante dal punto di vista intellettuale oltre che fisico. Me lo ricordo così: magro, biondissimo, vichingo, persino alla moda, cosa che ai tempi non guastava. Nel vestire aveva un gusto improbabile se si pensa alla sua modesta estrazione, e la cosa era strana visto che, escludendo lo strano caso del nostro rapporto e la storia avuta durante il militare, non era finocchio. Coi pochissimi soldi che aveva sceglieva i capi giusti nei negozi più cari di Parma, dove andavano i figli di papà. Al massimo si comprava un maglio-

Chissà... questo fermaglio
nei capelli e il vestitino di Maura
(il corredo l'ho ereditato giallo,
colore neutro...) sono forse
il primo visibile segnale
di "incertezza".

Occhioni tristi, faccia grossa:
gli occhioni sarebbero rimasti tali,
la faccia si sarebbe poi persa
nel "grosso" del corpo...

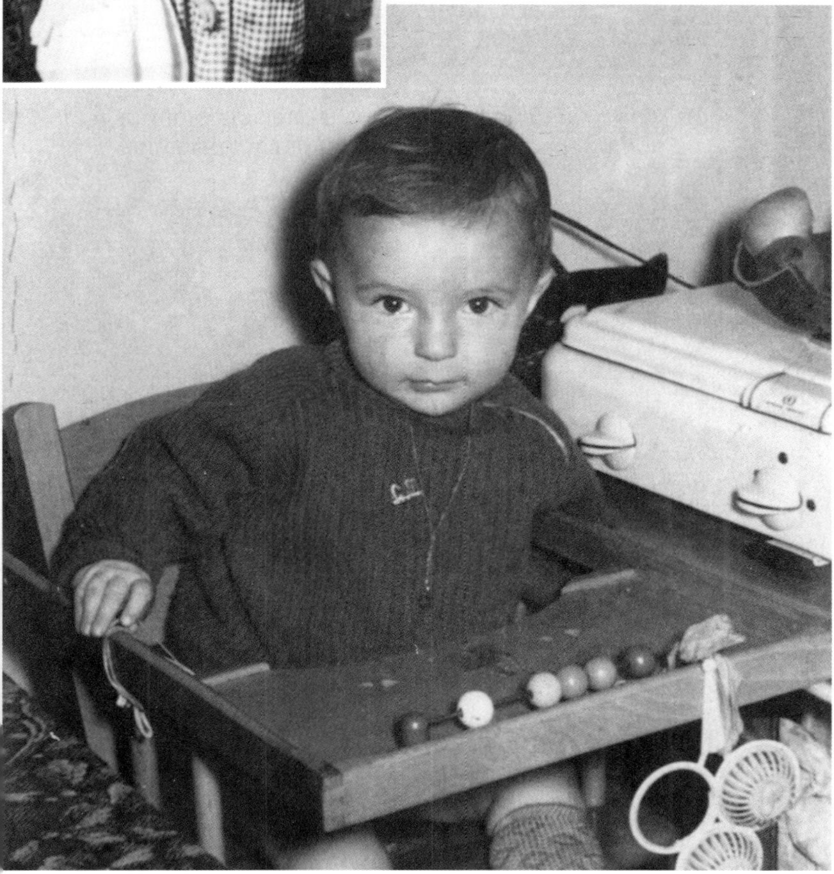

Risultato: un signore di mezza età che, anche quando ha voglia di scherzare, non fa ridere nemmeno i polli che ha in testa.

ne e stop – allora andava molto la roba inglese – e d'estate si comprava il costume da bagno di quella particolare marca, perché sai, quando sei nudo, in una piscina, che cosa cacchio vedi? Il costume! E quello era il costume giusto. Fu un attimo innamorarsi di lui. Per me era la sintesi perfetta di attrazione fisica e non. E fu una miscela letale.

Poi, dopo anni di silenzio e indifferenza, una sera il rapporto con lui riprese all'improvviso. Io, già famosetta, stavo rientrando in treno dopo un lavoro. Lo incontrai in stazione, lo vidi a testa bassa con la sigaretta tra le labbra, mi fermai, lo guardai e gli dissi: "Spero che tu mi riconosca, è passato un po' di tempo". "Sì, ma non ho nessuna voglia di parlarti", mi rispose. Poi fece un mezzo sorriso, e andammo a un bar di fronte alla stazione a bere qualcosa. In quell'occasione Marco mi raccontò della sua vita. Capii che era un po' infelice, che si era incarognito a causa del denaro: non ne guadagnava abbastanza e questo era il suo problema.

L'episodio riaccese in me una sopita speranza, ma lui continuò in seguito a non salutarmi, a evitarmi. Non capisco come si sia potuto ostinare così. Una volta l'ho incontrato sull'autobus – ancora oggi abitiamo a cinquanta metri di distanza l'uno dall'altro –; lo vedevo sempre in giro, ovunque. Spesso ho tentato di lasciargli un messaggio sul tergicristallo, di suonargli il campanello di casa o di far squillare il telefono, ma alla fine mi sono detto: Ma che vado a infilarmi di nuovo in questa storia!... Mi ha rifiutato vent'anni fa, figurati se non mi rifiuta pure adesso. Per cui lasciai perdere, tanto avrei perso comunque.

Marco mi dimostrò rancore. Tuttavia, seppi da un comune amico che avrebbe avuto per me anche parole di stima, tipo: "Ho sempre saputo che ce l'avrebbe fatta a cambiare la sua vita". Mi resta la sensazione che a lui, al contrario, bruciasse di non avercela fatta e che la vivesse come un'ingiustizia. Probabilmente lo è anche stata, ma è vero che Marco mi ha dato il più gran rifiuto della mia vita, mi ha detto di no e per questo è stato punito.

È molto facile trovare qualcuno con cui scopare, molto meno qualcuno che ti abbracci, dice la mia amica Barbara Alberti. Da tre anni vivo finalmente ciò che non ho mai vissuto prima perché ero troppo giovane, troppo indemoniato, e vivo finalmente l'abbandono. Non posso dire con chi ho raggiunto questa condizione, svelo solo che è un mio coetaneo; e dai tempi di Marco non mi succedeva di legarmi a una persona della mia stessa età.

Ho trovato qualcuno da abbracciare. E sono anche certo di piacere davvero a un uomo, non devo fare ottocentomila sforzi per convincermene, posso lasciarmi andare. Lui, oltre che del mio delizioso corpicino, ha bisogno di tenerezza: fa il chirurgo ed è specializzato in trapianti, perciò si trova a contatto con il brutto della vita. Quando esce dalla sala operatoria e se ne sgattaiola via dall'ospedale, non ne può più. La mattina dopo ci risiamo: altre resezioni, qualche salvataggio (non sempre), il rapporto coi famigliari, le speranze.

La relazione con quest'uomo si basa su una forte dipendenza psicologica: lui è in grado di tranquillizzarmi come nessun sedativo può fare. Gli è bastato centrare due-tre cose fondamentali di me. Tenendo conto che io sono una cassaforte umana, un risultato davvero niente male. Il tutto è tenuto sotto assoluto silenzio, perché nessuno sa niente della sua omosessualità.

Ci siamo conosciuti in un'occasione triste. Poco dopo la morte di nostra madre, mia sorella, da quella inguaribile ipocondriaca maniacale che è, tastandosi il seno si è scoperta un nodulo. Grazie a Dio è stata tempestiva: le dimensioni del tumore erano ancora limitate.

Quando l'hanno operata, sono andato in ospedale. Mentre aspettavo con una certa apprensione che finisse l'intervento, un medico mi è passato davanti, mi ha guardato, credo colpito dal mio aspetto florido, e si è fermato per chiedermi se andava tutto bene e se poteva fare qualcosa. Ero effettivamente un po' provato. Quel medico era lui.

Ancora oggi non so se in quel nostro primo incontro mi avesse identificato. In effetti ero già molto popolare; non ai livelli attuali, ma l'abito era quello lì, la gente mi riconosceva. Gli ho risposto: "No, grazie, sto qua accanto, spero non sia un'attesa lunga". Lui mi ha domandato se fossi un parente e io gli ho risposto che si trattava di mia sorella, illustrandogli poi sinteticamente le sue condizioni cliniche. Siccome nell'ambiente ospedaliero in genere nessuno ti parla, fai fatica a comunicare con i medici e con qualsiasi richiesta sembra sempre di chiedere la luna, mi pareva molto strano che questo si fosse fermato e si dimostrasse così disponibile al punto di offrirmi il suo studio se avessi voluto riposare. Con tutte le mie paturnie di insicurezza, mi dicevo: Sta' a vedere che questo mi ha beccato, e vuol fare il figo e dirmi venga di là, si accomodi... È anche un po' presuntuosetta, la soubrette, persino nei momenti di difficoltà.

In realtà ero nel pallone e molto preoccupato per la situazione di Maura, non sapevo nulla di lei. Quel medico ha capito la mia ansia e ha compiuto un gesto molto carino. È andato in sala operatoria e, riuscendone poco dopo, mi ha detto che l'intervento era finito, che era andato tutto bene. Per darmi ulteriori chiarimenti mi si è avvicinato, mossa già vagamente sensuale, e mi ha visto rilassarmi: "Mi dice il collega che l'asportazione non ha creato nessun problema, non ci sarà alcun effetto collaterale. Tra una mezz'ora, una volta che sua sorella sarà nella sua camera, vedrà che potrà parlarle". E così è stato.

Non avendo ancora intuito nulla di malizioso nella sua disponibilità, io mi sono sentito in dovere, poco tempo dopo, di tornare in reparto. Mia sorella faceva e fa tuttora controlli molto frequenti, ma purtroppo non è mai detta l'ultima parola. Così un giorno l'ho accompagnata e ho chiesto se ci fosse *quel* chirurgo. Lui c'era, ed è stato un gran piacere. Maura stava col suo collega a fare l'ennesimo esame. "Volevo ringraziarla, volevo ringraziarti... insomma, sono momenti difficili da superare e tu..." Poi gli ho spiegato la storia: la recente morte di nostra madre e subito dopo la malattia di Maura.

Da quel momento abbiamo iniziato a vederci di tanto in tanto. Complice involontaria è stata proprio Maura. Andava abitudinariamente in Oncologia e trovava l'ambiente più triste e avvilente delle poste. Così si è messa in testa che sarebbe stata una buona idea ridipingere le pareti. Perciò mi ha chiesto di darle una mano – è proprio una matta vera –, mettendomi in contatto con quel medico tanto carino. "Non è giusto", ripeteva, "già uno che viene qua ha la morte nel cuore, poi trova pure un posto brutto". Scambio di telefoni per la faccenda, pitturiamo Oncologia, e via, una chiamata dopo l'altra, le cose si affrettano.

Alla lunga l'aspetto per me più seducente del mio Mister X è che lui è in grado di verbalizzare molto più di me i sentimenti che prova, in maniera semplice e diretta. La sua spudoratezza emotiva, che tanto mi piace perché io al contrario non riesco a dire nemmeno "ciao", non cambia minimamente la sua apparenza pubblica e quotidiana, che resta quella di un perfetto eterosessuale. Il suo è un caso raro in natura: non è una velata, in quanto di femminile non ha nulla, proprio niente, e questa è una delle ragioni per le quali lo trovo interessante. È una persona che ha una particolare predisposizione estetica verso gli individui di corporatura robusta, uomini o donne che siano. Vede nell'eccesso di corpo una sua bellezza, mi dice che ama – per esempio – i miei lineamenti (come faccia non lo so: dove li trova?).

Questo potrebbe essere un motivo per tenermi lontano da lui: dietro scelte estetiche così estreme scorgo un che di malattia mentale, un tanto di perversione che mi spaventa. In lui però questo non è altro che gusto, anzi forse indica la sua indifferenza rispetto al fascino dei modelli estetici dominanti. Una forma di libertà come altre. Tutto ciò è calato in un fisico notevole, da ex giocatore, ancora adesso sciatore, sempre in perfetta forma, sovrastato da una gran bella faccia, occhi azzurri. È uno dei più ambiti pollastri del suo ambiente. E me lo cucco io, all'insaputa del mondo.

C'è un punto in cui io e lui coincidiamo perfettamente: ci incontriamo nelle nostre rispettive solitudini. Ambedue, sia pure inseriti in ambienti molto diversi, vediamo ottocentomila persone, ma in realtà non abbiamo legami forti con nessuna.

Nel mio caso la solitudine è dovuta un po' alla prigionia del ruolo recitato, della mia immagine. Nonostante sia in grado di essere pertinente in pubblico anche in circostanze serie, come mi capita spesso la mattina in radio, Platinette deve essere Platinette, cioè un baraccone umano che tutt'al più spara frasi pungenti. E anche il mio Mister X è un orso: smessi i panni del chirurgo, non vede quasi nessuno.

Comunque, nelle nostre due solitudini ritroviamo dei punti comuni: dalla passione per i diritti civili al fatto di essere degli indipendenti. Ci unisce un modo di sentire applicabile a qualsiasi argomento.

Altri aspetti invece ci differenziano. Quando lui è in casa, io non mi vergogno – magari fa un po' schifo a dirsi, me ne rendo conto – a girare nudo (in altre situazioni non lo farei per nulla al mondo, neanche se *Playboy* mi proponesse venti miliardi per essere la conigliona del mese). Invece lui, a girare nudo per casa, diventa un po' rosso. Io lo prendo in giro: "Ammazza, ti è venuta una pancia...!" Gli uomini sportivi patiscono queste robe e, appena hanno un accenno di cedimento, cominciano subito a dire che ti sbagli, e si tuffano davanti al primo specchio. "Guardati", gli dico infierendo. "Hai due gote che sembrano un aeroporto, i menti sono tre, possiamo dare un nome a ciascuno?" E naturalmente mi diverto molto.

A volte mi sento un gran privilegiato a stare con lui: il più ambito del settore, sposabile, bell'uomo, ricco di famiglia, villa in collina, casa in montagna. Adesso so per certo che vede una donna, ho anche capito chi, ma non mi interessa.

Tra noi due c'è una condizione, un patto: non devo assolutamente fare niente che lo possa mettere in difficoltà, che lo smascheri. E io capisco in pieno questa sua esigenza, so che cosa potrebbe scaturire se lo vedessero mano nella mano con Platinette. Oddio! Scandalo! Questo è il limite dei rapporti top-secret. Non che muoia dalla voglia di andare nella piazza principale della città a far due passi con lui, anche perché non l'ho mai fatto... Però...

A dir la verità, non c'è nulla che facciamo insieme. La domenica mattina lui va a fare spese in un paesino vicino a dove abita. Lì c'è un mercato pieno di bancarelle, dove trovi il pane fresco, le uova, puoi comprarti anche la gallina viva per poi mangiartela. Lui è un uomo di campagna, in realtà. Oppure passa dei periodi nella sua casa di Courmayeur, per andare a sciare o per cercare i funghi nei boschi.

Quanto sia estraneo al mio mondo, lo ha dimostrato una sera, dopo avermi visto all'*Isola dei famosi*. Prima ha commentato: "Certo, io che ti conosco, vedo quando hai la faccia scazzata e non ti interessa niente di quello che c'è intorno a te". Poi ha finito lì, non ha voluto sapere nulla dei personaggi, non sa nemmeno che cosa vuol dire gossip. Gli ho detto della Selvaggia Lucarelli, che secondo me aveva una storia con il figlio di Pappalardo. E lui, candido come pochi: "E chi è?" "Come chi è quella lì? Sono dieci settimane che ci sono seduto a fianco!"

A un certo punto della mia vita mi sono detto che un medico in famiglia ci deve essere, ci vuole. Intendo che ci vuole qualcuno che sappia esattamente come fronteggiarmi. Al tempo stesso ho capito di essere io per lui – ed è paradossale – una medicina. E allora perché non offrirmi come brevetto unico nelle sue mani e dire: "Fai di me quello che vuoi?"

Certo, non è la passione della pazzia, lui non è quello con cui mi metto a fare le peggio cose, come è successo in passato. Lui mi tutela, mi protegge. Se buco una gomma, so che me la viene a cambiare dopo mezz'ora. È una garanzia, la tranquillità di non perdermi in un mare di panico.

Chissà se questa è una forma d'amore. So che, quando non ci sentiamo, a me manca la sua presenza rassicurante e a lui manca, credo, la mia allegria, il mio modo di fare. Chiunque ha bisogno di un opposto, di un partner che sia una compensazione. Non riesco a immaginarlo in casa con una sua simile, per esempio una dottoressa. A cena, mentre stanno mangiando, si direbbero: "Tesoro, passami il bisturi", invece della forchetta. No! Io gli racconto un mondo, lui me ne racconta un altro, come galassie che, in un punto, si abbracciano.

Io però non sogno di vivere il resto della mia vita dedicandomi a lui. Sogno tutt'altro, sogno di aprire un ristorante, o qualcos'altro, non so, ma non vivo l'amore come un investimento. Forse ormai non ho nemmeno più la capacità di farlo, tanto ho tirato su barriere, una dopo l'altra: sono come un palazzo in cui non vengono mai finiti i lavori esterni, sempre con i ponteggi montati: ci passa su chiunque, dà una mano, una pennellata, una ripulita, ma in realtà il palazzo è marcio e quindi non c'è niente da fare, è marcio, facciamocene una ragione.

Dopo Marco e lo stragiovane, il diciassettenne, seconda storia importante della mia vita, ho avuto una terza relazione con un architetto di nome Alfonso. Però era più finocchio di me, troppo, e alla fine ho mollato il colpo. O si chiamava Alberto? Mamma mia, manco mi ricordo, c'è folla nel mio cor! Se dovessi fare il conto sarebbe imbarazzante. Un giorno ci ho provato per scherzare con alcune mie amiche, non molto tempo fa. È venuto fuori uno sproposito; penso che, messi tutti in fila, altro che ponte sullo Stretto...

Alfonso-Alberto, il mio terzo amore un po' architetto, era una tanto per bene, tanto carina, che mi portava all'opera, mi faceva conoscere l'ambiente dell'alta società. Anche in amore era un po' così, un po' asettica, non ho mai sentito un gran trasporto: mi faceva piacere stare con lui ma capivo che stavamo diventando una coppia frocia e a me la modalità spiccatamente gay fa schifo. E quindi, molto presto, *kaputt* Alfonso-Alberto.

In seguito ho condiviso un po' di tempo con un altro uomo, ho segnato la quarta tacca delle storie importanti, poco prima dell'attuale, il chirurgo.

Questa vicenda è stata frutto di un incontro occasionale in una sala da ballo latino-americano dove sono andato una sera per un dibattito politico. Alla fine del mio intervento mi si avvicina – con una decisione rettilinea – un ragazzone pugliese, un bestione alto e grosso. E mi dice che gli è piaciuto molto quello che ho detto. La storia è nata così, ancora non c'entrava niente il personaggio; per fortuna non avevo ancora l'ansia del camuffamento e il sospetto dell'interesse a minare la spontaneità. Tanto che con questo bel maschio, pure dopo che sono diventata famosa, siamo rimasti amici, ci siamo sentiti ogni tanto e, dico la verità, da poco abbiamo avuto un ritorno di fiamma. Non è un ragazzino, avrà circa trent'anni, fa l'operaio in una grande ditta di Parma. Con lui non c'è stato nessun trasporto sentimentale. È un po' rustico, come tipo d'uomo, ma a me il genere piace, quindi ogni tanto mi lascio andare al rustico.

IL LAVORO, LA PROFESSIONE

Il fruttivendolo e l'Unione Industriali di Parma, lo studio e l'insegnamento, la scoperta delle radio private, la televisione e i giornali, quello che mi piace (e quello che no) leggere e vedere in tv

Il mio primo lavoro fu dal fruttivendolo sotto casa: mettevo insieme la spesa per le signore e la consegnavo a domicilio. Eravamo in un quartiere molto periferico, pieno di case popolari; le cosiddette case Mussolini, appunto opera sua. Erano costruzioni a due piani, con quattro appartamenti, monolocali o poco più, assegnati dal comune ad anziani bisognosi, a cui io portavo le zucchine, i pomodori, le mele.

Insomma, i primi soldi li intascai facendo il garzone del fruttivendolo. Ero piccolo, sarà stato ai tempi della prima media, nel periodo dopo la fine della scuola, d'estate, col caldo e i bustoni pieni di spesa che mi segavano le falangi.

Feci un salto di qualità alla fine delle medie inferiori trovandomi un lavoro come ragazzo tuttofare per l'Unione Industriali di Parma. Un bel colpo veramente. Tramite mia madre che fece una chiacchierata con qualcuno, conobbi una persona che mi permise di entrare nel centro di potere assoluto di quella città piena di industrie che è Parma.

Mi piaceva molto il denaro, i soldi ancora oggi esercitano su di me una forte attrazione. Così, dalle cinquecento lire al giorno che mi dava il fruttivendolo sono passato a quello che prendevo all'Unione Industriali, che non mi ricordo esattamente quanto fosse, ma era una cifra della madonna. Spendevo tutto in musica. Andavo ai grandi magazzini Coin, dove ti regalavano un 45 giri ogni dieci che compravi. Per me era una libidine. Mi feci anche furbo: ad alcuni non interessava riempire questa cacchio di tessera e raccogliere i bollini era un po' una noia; perciò, io stavo delle ore a fianco della commessa che poi è diventata una mia amica, la Marisa, e chiedevo come un mendicante il bollino a quelli a cui non interessava. La Marisa me lo lasciava attaccare sulla mia tessera. Era un sistema un po' truffaldino, ma non del tutto. Così misi insieme quintali di dischi, un altro peso per me, ma benigno.

Mi ricordo che il primo album che acquistai fu *Aretha Franklin: Live!*, del 1969: mi costò la bellezza di milleottocento lire, una cifra consistente. Ma già allora ero una specie di schizofrenico. Il primo 45 giri fu invece *Come ti vorrei* della Iva Zanicchi... e, sì, ero già rovinato.

I dischi erano la mia maggiore voce di spesa; subito dopo venivano pizza e Coca-Cola. Con duecentocinquanta lire – mi ricordo bene l'importo – ti portavi via un trancio di pizza oleosa e una bottiglietta. Mi è rimasto impresso perché un giorno non arrivavo a duecentocinquanta, provavo una vergogna tremenda e non sapevo come fare. La poveretta che tagliava quadrati di pizza di continuo, con quella specie di cazzuola, però aveva capito il mio imbarazzo e, dato che ero con un gruppo di altri disgraziati, mi fece una sorta di regalo, di sconto. Da quel momento diventammo amici. Ora è molto anziana, la vedo ancora quando capito a Parma.

Adesso che ho parecchio denaro, non potrei rinunciarvi perché è la fonte indispensabile della mia autonomia, e l'autonomia è il mio lusso. Non compro barche, non compro macchine, non compro sesso, compro solo ciò che mi serve. Al massimo mi tolgo qualche capriccio come la collezione di *Vogue* degli anni che mi interessano: mi è costata una cifra ma ce l'ho; ogni tanto la sfoglio, e quando vedo la Chanel che fa un orlo sono contento di aver tirato fuori quei soldi.

Gli ingredienti essenziali della mia infanzia sono stati la povertà, la solitudine e il desiderio di rivalsa. Il passaggio dall'infanzia all'adolescenza vera e propria è stato per me all'insegna del riscatto personale. Volevo studiare per diventare forte, perché capivo, almeno secondo i miei ragionamenti, che la cultura mi avrebbe permesso di fare un salto di qualità, di non avere una vita da disgraziato. Così mi impegnavo fortemente, chino sui libri. Riuscivo ad apprendere con facilità perché, non avendo un cacchio da fare tutto il giorno, non dovendo perdere tempo a fare manfrine con le ragazzine o il bullo con gli amichetti, passavo la maggior parte del tempo a leggere. Andavo dalla parrucchiera sotto casa, la Graziella, a rubare i giornali e li leggevo tutti, anche i più inutili. Un po' rubavo anche in edicola: sarà stato perché sentivo che i ragazzini intorno a me lo facevano. Fregavo dei fumetti, che però francamente non mi interessavano, non mi sono mai appassionato a *Tex*. Andava un po' meglio con *Diabolik*, che consideravo più fine, e mi piaceva sfogliare i *Gente*, gli *Oggi* e soprattutto *l'Europeo*.

Arrivai in questo modo a pensare che il tempo della lettura fosse speso bene, e questo ovviamente mi portava, se mai ci fossero stati dei rapporti in corso, a esaurirli o a diradarli. Nessuno frequenta un bambino antipatico, incapace di fare qualsiasi gioco, perfino di prendere a pugni qualcuno. Io capivo di essere votato a questa forma di isolamento.

Oggi mi scuso perché era un atteggiamento che appariva snob, e un po' lo era; era però anche vero che le motivazioni erano altre e antiche.

Quando ero ragazzo, non avrei saputo dare una risposta alla domanda su che cosa avrei voluto fare da grande. Avevo soltanto un'idea di questo mondo a me sconosciuto della cultura e la fissazione che, impossessandomi come un forsennato di informazioni e di nozioni, avrei cambiato la qualità della mia vita.

Fino a quando nei giudizi finali dell'esame di maturità scrissero: "Adatto all'insegnamento". E per me fu una sorpresa.

Non ho particolare predilezione né amore per i bambini, perché ne ho un terrore folle di cui non capisco il motivo. Però sulla scorta di quel giudizio feci pratica come maestro aggiuntivo; allora esistevano le classi differenziate: i bambini difficili venivano buttati in una sezione a parte e affidati a un maestro, non ritenuto neanche tale, un poveretto, un supplente del supplente. Ho avuto da fare per qualche mese come supplente in una classe come questa, e mi ricordo di aver sviluppato un rapporto meraviglioso con un bambino che disegnava soltanto un coniglio; non sapeva fare altro, ma questo unico coniglio lo faceva molto bene. Erano creature figlie delle solite storie, di famiglie difficili, la madre troia, il padre inesistente; insomma, tutto il panorama che porta a crescere al peggio.

Nonostante questa esperienza di insegnamento sia stata forte, ho deciso di non proseguirla. Poi, al terzo anno di università al DAMS di Bologna scoprii le radio private. Era infatti l'epoca in cui cominciavano a sorgere queste piccole emittenti, la prima a Parma, praticamente a casa mia, per cui io dieci giorni dopo ero già là a chiedere lavoro. Così compresi che cosa mi piaceva fare.

Avevo vent'anni. Vivevo a Parma e, per frequentare l'università, andavo avanti e indietro con Bologna, ero un pendolare. Il terzo anno – fu un momento di passaggio, a cavallo tra il '75 e il '76 – cominciai a lavorare senza stipendio. Imparai a fare tutto, il redattore, il conduttore, i servizi esterni. Una grande scuola con un insegnante meraviglioso che purtroppo è morto poco tempo fa: si chiamava Carlo Dracchi; era un giornalista di provincia bravissimo, conosceva qualsiasi segreto di ogni assessore e aveva un gusto meraviglioso per il pettegolezzo. Lui mi ha iniziato al mio lavoro. Gli devo molto.

Drastico come sono sempre stato, compii un'operazione radicale: mollai l'università in favore della radio. Per quanto mi piacesse studiare, non tolleravo più gli esami collettivi, che all'epoca erano un imperativo categorico. L'università era diventata il regno della spersonalizzazione. Il mio primo anno – lo stesso in cui il DAMS era stato aperto –, invece era stato meraviglioso, pieno di sballati, sbandati, distrutti dalla vita già a vent'anni. Era il periodo della droga, delle occupazioni notturne dell'istituto; era bello perché si respirava fermento e libertà, cose che dopo paghi. Io, che ero già un po' un donnino, in qualche modo voglioso di sicurezze, non apprezzavo del tutto quel misto lì. Così decisi in sostanza di mollare, anche perché cominciavo a guadagnare qualcosa a Parma. Iniziavo a diventare bravino, nel fare radio, ero uno dei primi in Italia, per cui ero su di giri, soddisfatto al massimo. Attivai nel frattempo una collaborazione col giornale cui apparteneva la radio, cioè la *Gazzetta di Parma*, che è il più antico quotidiano italiano. Cominciai questa vita parallela di radio e carta stampata, alla quale affiancai dopo qualche tempo – siamo già negli anni '80 – molte uscite dalla provincia verso Milano. Mi occupavo di musica e diventai una sorta di confidente di molte artiste, tra cui Patty Pravo, fino ad approdare, sul finire di quel decennio, a RaiDue come autore televisivo. Prima ancora ero stato selezionatore degli ospiti, e poi autore per un programma che si chiamava *Rock Café*, una striscia quotidiana di musica.

Fu lì che conobbi Benedetta Mazzini, la figlia di Mina. La madre aveva capito che la ragazza aveva bisogno di lavorare. Benedetta era una rockettara vera, appassionata di musica alternativa. Nacque allora un rapporto che continua tuttora. Io non ho mai avuto un figlio ma le sono legata come se fosse mia figlia, anche se non sono sua madre: una madre lei ce l'ha, e che madre! Però la sento come una mia bambina. C'è stata una recentissima telefonata in occasione della morte della mamma di Mina, una donna molto anziana e malata; be', mi è sembrato che la piccola Benedetta fosse stata ferita all'origine ultima della sua vita. Non ha mai conosciuto suo padre, perché Mina si separò da Virgilio Crocco pochi mesi dopo il matrimonio e lui morì qualche mese più tardi, in America, falciato mentre attraversava sulle strisce pedonali. Quando Benedetta si appoggia alla mia spalla dopo che abbiamo fatto un lungo viaggio insieme e mi si addormenta addosso, sento di essere un po' il suo papà. Cosa che non mi dispiace affatto.

Attraverso la radio prima e la televisione poi, ho chiarito che quello sarebbe stato il mio lavoro. Quando è esploso il personaggio avevo le spalle ben salde per reggere la popolarità, per capire che sarebbe stato un momento e nulla più, per sapere che domani può sparire tutto e per non avere paura che accada. Oggi mi sento molto spesso ripetere la domanda: "Ma come stai vivendo questo momento?" Come vuoi che lo stia vivendo, esattamente come prima, io faccio la vita di sempre. Se mi riconosce qualcuno in abiti civili, e accade molto spesso adesso che mi sono un po' rivelato televisivamente, ho la capacità di sopportare l'impatto perché non sono più giovane, non ho nessuna aspettativa nei confronti del mio futuro, non ho ottocentomila anni davanti a me. Ho le spalle ben piantate perché sono prima di tutto un autore nella mia testa. Il mio mestiere vero, semmai dovessi smettere con tutto il resto, è la scrittura.

Prima di diventare Platinette, nella mia vita non ci sono mai state manifestazioni di travestimento privato o solitario o infantile. C'è stato un travestimento collettivo con il gruppo di travestiti già dichiarati, gli stessi tizi dei Festival dell'Unità finiti con fischi e cicche sul palco. Indossavo le vesti da travestita con una certa difficoltà. Non eravamo un gruppo di belle travestite nel senso classico del termine, la nostra forza era quella di essere un po' dei mostri. E io, pure travestita, ammazza che mostro di proporzioni storiche sono!

Quelle volte, per la scelta di abiti e accessori, pensavano a tutto le mie compagne: scarpe vecchie, vestiti sgualciti, parrucche che puzzavano di cadavere a un chilometro di distanza. Mi convinsero ad accettare la trasformazione senza che io ne patissi più di tanto, diventando una macchietta. Cioè, avevamo trovato un sistema che per me poi si è rivelato, molti e molti anni dopo, meraviglioso: quello del *crossdressing*, una via di mezzo tra un fumetto e un essere umano. Per cui io magari mettevo tre parrucche una sopra l'altra, fino a fare delle Torri di Pisa, dei condomini, che riempivo di oggetti.

Il gusto dell'orrido, del grottesco voluto, alla fine ci ha premiato. Sotto mentite spoglie potevamo essere serissime come stupidissime. Mentre se avessi fatto – come molte poi hanno fatto – la figa, quella che tenta di assomigliare a una donna, che vuole essere seducente, avrei forse miseramente fallito, non solo nel lavoro ma anche verso me stessa, perché non intendo fare la donna, non è quello che mi interessa e non è quello che mi sembra interessi al pubblico. Se tu non dai il peggio di te e non ti metti sul mercato come un qualsiasi pezzo di lardo di Colonnata, non fai un bel lavoro, né per te, né per il pubblico. Devi essere realmente disposta a farti massacrare. Non puoi partire con l'aria saputella. Su questo punto ho avuto molte discussioni con quella che qualcuno considera un po' il mio alter ego, cioè la Luxuria. Vladimir però compie un'operazione di tipo totalmente diverso. Intanto non è così orrendo come uomo e non è così bella come donna, ed è prima di tutto un politico; la sua è una scelta ideologica, prima che artistica. Ha anche una certa spocchia: lui scrive per *l'Unità*, io per *Novella 2000*...

Il travestimento per me non è una fonte di femminilità. Non mi travesto per assecondare una natura sessuale. Certo, voglio avere la migliore truccatrice che esiste in Italia, che è anche la più cara, perché voglio che sia ineccepibile la forma della faccia (per me il corpo si ferma al collo). Io non faccio politica omosessuale. Io sono Platinette.

Comunque, il mio nome d'arte nasce da una stupida lettura di giornali porno. Il mio gruppo aveva un tot di vecchie parrucche a disposizione, e ce n'era libera una color platino che non stava a nessuno perché era larga, mezza distrutta, e nessuno aveva voglia di sistemarla. Allora la misi io. Sfogliando questa rivista vedemmo che c'era una pornostar francese, tale Platinette, morta di cancro, famosa perché ritenuta una delle più intellettuali della sua categoria. Lavorava con un'italiana, anche lei rossa di capelli, Miss Pomodoro. Così da Oscar Selvaggia che mi chiamavo – nome che richiamava Wilde –, o, peggio, da Sbodenfia, il soprannome che mi avevano affibbiato, ho pensato bene di farmi battezzare Platinette dalle mie amiche Pumitrozzole (fusione di puttane, mignotte, troie e zoccole).

Siamo nel '76. Il nome nasce allora, contemporaneamente alla prima rivista gay italiana, *Babilonia*.

Adesso ho una rubrica su *Riza psicosomatica*, la rivista attualmente diretta dal professor Raffaele Morelli. La cosa mi inorgoglisce perché è stato uno dei giornali della mia gioventù, ma allo stesso tempo mi impegna parecchio perché non posso scrivere delle stupidaggini. Ho chiesto di chiamare la rubrica *Diario di una schizofrenica* e Morelli ha accettato perché è più folle di me, probabilmente. Attraverso quel titolo voglio dire che per me il travestimento è una possibilità supplementare di esistere, un'opzione, che mi piace, ma non c'è nessuna ideologizzazione, di quella ne ho piene le ovaie. *Diario di una schizofrenica* è questo: un corpo baracca, una mente pulita (si fa per dire).

Tra le cose che mi piacerebbe realizzare, c'è un programma sulla morte. L'ho proposto, ma senza nessun successo. Ormai ci sono pochi tabù in televisione, e uno di questi è la morte.

Ho pensato e scritto un programma sul turismo cimiteriale da realizzare insieme con un gruppo di disgraziati come me – un gruppo un po' raccogliticcio, un po' zingaresco – andando sulle tombe. L'idea mi è scattata quando è morta Diana. Lady D è una mia fissa, non so perché.

Volevo trovare personaggi famosi e conosciuti da tutti, e studiare un programma televisivo che fosse il viaggio verso la loro tomba. Ho programmato il numero zero in Transilvania alla ricerca della tomba di Dracula, con Ramona Badescu, che è rumena. Per me Platinette e la Badescu sopra un carro trascinato da un asino, che vagano per le montagne della Transilvania fino al sepolcro del vampiro per antonomasia, sarebbe una roba formidabile.

La morte non mi suscita nessuna paura, non è per me un problema serio. Quindi vivaddio se ci si può giocare su!

Sempre con la mia crapa, ho creato insieme a un amico un format che si chiama *Quanto ti resta*, su quanto abbiamo ancora da vivere. Non ci posso fare niente se mi vengono queste idee ultraterrene!

Vivo la morte altrui con un atteggiamento di vampirismo. Ho paura che, quanto più la gente mi muore vicino, tanto più questo si traduca per me in una buona notizia. Come se godessi d'averla scampata. È tremendo.

Poi sogno anche di fare la *Prova del cuoco*, è il mio programma. Ho tutte le caratteristiche per farlo, e non capisco come mai nessuno mi chiami... Ma il giorno che fossi dietro una scrivania a condurre un TG sarebbe per me la fine del tormento dell'accettazione, non vivrei più con l'assillo che qualcuno mi dica di no, che non sono in grado... come sotto sotto temo sempre.

Adesso sto lavorando a un approfondimento di TG. L'idea è molto stupida: fare un approfondimento successivo ai TG classici, non un'anticipazione, mettendo insieme il diavolo e l'acqua santa, cioè me, vestita come di consueto, e una seria giornalista celestiale. Io faccio la rosa, lei la nera. Un pazzo di direttore s'è interessato, vedremo che cosa ne uscirà.

Poi scrivo quasi quotidianamente su www.platinette.it, il mio sito, attraverso un blog. È la forma di scrittura che più di ogni altra mi ha preso: ha dei tempi tecnici, impone la ricerca delle foto più adatte, il tentativo dello stile, di tenerlo quando scrivi un pezzo anche breve, in modo che sia sempre riconoscibile. Naturalmente non ci guadagno nulla. Ci sono certe attività per cui non si deve chiedere denaro; sono convintissimo che facciano bene proprio perché gratuite. Per esempio, sapere che farò un pezzo alla settimana per la *Gazzetta di Parma* a trenta euro lordi è per me fonte di grandissimo benessere.

Come lettore privilegio la cronaca locale. Mi interessa ancora sapere che cosa è successo nel quartiere, a Parma, se alla signora hanno rubato in casa, se è stata pescata la carpa più grossa... Poi mi piace molto la cronaca bianca. Noi parmensi, con un filo di gusto del macabro, abbiamo l'abitudine di leggere la pagina dei morti, i necrologi: io li guardo con attenzione e scopro famiglie che conosco, figli che hanno nomi strani...

La TV? La bevo più o meno tutta. Mi piace la produzione *marginale*, come quella di RaiTre, il *Dossier* del TG2, *le Storie Maledette* della Franca Leosini, *l'Elmo di Scipio* del bravissimo Enrico Deaglio.

Adoro la televisione piccola, fatta di lunghe conversazioni attorno a temi grossi. Così come amo la TV generalista, caciarona, quella che mischia il basso con l'alto, cosa in cui Maurizio Costanzo è un grande maestro. Mi permetto una parentesi su di lui perché gli voglio bene; credo che sia un uomo in profonda crisi con se stesso. Ho la vaga idea che riconosca i limiti di quello fa, ma che non lo possa ammettere. D'altra parte non c'è nessuno che lo costringa a farlo. Eppure, quando Costanzo intervista qualcuno appollaiato sulla sua sedia, basta che gli chieda tre cose per farmi dimenticare la soubrette che vuole ancora essere sulla scena e che non si rassegna all'idea di avere quarant'anni per gamba né di dare un taglio a tutto il ciarpame di bassa qualità che riempie il circo domenicale.

C'è una cosa che invece non ho mai retto: la presenza dei religiosi in televisione, fatta eccezione per suor Germana con le sue ricette. Lo Stato è laico. Allora una suor Paola che è una tifosa, un prete che vuole andare al *Grande Fratello*, hanno tutto il diritto di farlo, ma alla fine svolgono quel ruolo là, di morale, di etica, di confessionale. Insomma, è un'ingerenza troppo grossa. Non ho mai avuto niente contro le manifestazioni del credo religioso, ma in questi ultimi anni sono diventato un po' intollerante, questa presenza-incombenza vaticanesca nelle questioni italiane mi infastidisce.

GLI UOMINI
E LE
DONNE IMPORTANTI

Ovvero tutto ciò che non è sesso

DONNE

Per prima, la mia professoressa di italiano. Eravamo alla vigilia della maturità, agli inizi degli anni '70, era già in età avanzata ed era una che arrivava a scuola con la pelliccia di leopardo, truccata come una bestia, meravigliosa nel suo decoro vecchio stile, secondo me sofisticatissima. Le chiesi di portare all'esame Alberto Moravia, un autore contemporaneo, fuori dal programma consueto che si fermava molto prima. Lei senza colpo ferire mi disse sì, ok Moravia. Anzi, dato che voleva di più da me, le domandai se era il caso che presentassi un argomento supplementare per essere sicuro di raggiungere il massimo della votazione. Voglio analizzare una canzone di San Remo, le dissi. Come una canzone di San Remo?! Poi scelsi la canzone insieme a lei. Venne fuori *L'uomo che si gioca il cielo a dadi* di Roberto Vecchioni, uno che allora mi piaceva, adesso molto meno, francamente. Era una storia che parlava di un rapporto un po' complicato tra padre e figlio, chissà che in questa scelta non ci sia stata qualche implicazione personale.

Poi persi le sue tracce, ma molti anni dopo mi venne voglia di rivederla. Tutto iniziò con un'e-mail da parte di un nipote della professoressa in cui scriveva: "Sono il tal dei tali, nipote della professoressa Traversa Coscia. Mia nonna asserisce che lei è stato suo alunno all'Istituto Magistrale di Parma in quegli anni lì. Può essere?" Forse mi poneva la domanda pensando che la nonna fosse rimbambita. Io però gli risposi di sì, che ero stato un suo alunno e che sarei stato molto felice di incontrarla di nuovo. Allora lui mi diede le indicazioni per ritrovarla, ma Traversa passava metà dell'anno a San Remo a svernare in Riviera. Meraviglioso. Per cui, stando a Parma, per me era un po' complicato andare a trovarla.

A un certo punto pensai però che c'era un modo per ringraziarla e vedere se era possibile incontrarla. Racconti la storia a Maria De Filippi: "Guarda, Maria, mi piacerebbe rendere omaggio a questa donna che per me è stata importantissima. Mi ha insegnato che il coraggio paga sempre, che non bisogna avere paura di se stessi, delle proprie ambizioni. Cercamela, Maria, con *C'è posta per te*, grazie". A Maria l'idea piacque subito da impazzire. Mi rispose: "Sì, sì, sì, cerchiamola". E, certo, cerchiamola, perché volevo dire alla signora: "Sì, sono io", e farmi vedere come sono adesso, perché mi ha già visto come sono nella versione spettacolo. Volevo che mi vedesse senza trucco! Tutto questo che per me sarebbe stato molto rischioso fare – mi sarei svestivo improvvisamente a che scopo? Dopo dove sarei andato? Mi sarei rivestito un'altra volta? – non avrebbe avuto altro senso che quello di rendere omaggio alla mia professoressa di italiano.

Quelli di *C'è posta per te* si misero in moto lo stesso giorno in cui parlai con Maria e la trovarono subito. E la signora disse: "Conosco il programma, è molto bello, lo guardo sempre, ma non ho nessuna intenzione di partecipare". Per questa risposta io la amai ancora di più perché apprezzai il suo contegno. È una donna che mi ha insegnato molto, e che però non ho più rivisto.

Un altro fondamentale incontro femminile è stato quello con Barbara Alberti. Donna di scrittura, donna di grande personalità.

Agli inizi degli anni '90, quando ero ancora solo un autore, lavoravo per una radio dell'*Espresso* che si chiamava CNR. Barbara e io presentavamo tutte le mattine un programma che si chiamava *Contatto radio*, in cui venivano invitate delle donne di spettacolo a fare da conduttrici e messe alla prova su problemi pratici. Ne uscirono episodi strepitosi, tipo una Valeria Marini alle prese con l'ICI!

In quegli anni due furono gli incontri che sarebbero diventati poi per me amicizie, uno appunto con Barbara e l'altro con la Mara Venier, che tuttora sento. Adoro Mara come poche altre donne nella vita perché per me è un esempio di raro equilibrio: oltre alla bellezza che tutti vedono, ha una tranquillità particolare. Alcune persone ne parlano come di una pazza, agitata, isterica; invece è una donna strepitosamente e femminilmente tranquilla. Diciamo che, se potessi rinascere figa, vorrei essere così, bella e con il suo stesso atteggiamento nei confronti sia del lavoro che del successo.

Barbara comunque è stata ancora più importante perché ho provato e provo per lei un'attrazione complessa, non solo mentale. Eppure è molto lontana da me su vari fronti, dalla politica all'interpretazione della realtà; la trovo anche molto infantile. Io non mi sarei mai steso ad Aviano per non lasciar partire gli americani per la Jugoslavia. A me andava benissimo che partissero, facessero quello che dovevano fare, scaricassero bombe là dove servivano e tornassero al più presto. Tuttavia, Barbara continua a comunicarmi una tensione che nessun altro mi suscita; ogni sua frase per me è motivo di riflessione, e so che è reciproco. Anche lei avverte che io provo un'attrazione inconsueta nei suoi confronti. Ogni incontro porta alla nostra inedita congiunzione, e io me ne beo.

Mara e Barbara, dopo mia madre, sono le donne più importanti della mia vita.

UOMINI

Ho avuto solo due incontri maschili slegati dal sesso che però hanno determinato in me non piccoli cambiamenti.

Uno, recentissimo, è quello con Marco Pannella, e l'altro, un po' meno recente, con Maurizio Costanzo.

Certo ho avuto amicizie finocchie, quelle tante, ma non è come avere un amico uomo, è un po' diverso. Per esempio, conobbi questo gruppo di travestite pazze chiamate le Pumitrozzole; già mi piacevano da impazzire solo per il nome, ma non erano amicizie maschili; quello era un altro mondo: era il mondo parallelo.

Le vidi lavorare una sera in un club a Parma con uno spettacolo che si intitolava *La difficoltà di essere omosessuali in Siberia*. Che cacchio di titolo è? Dissi: andiamo a vedere, invece scoprii uno spettacolo divertentissimo, fatto di cianfrusaglie, cioè robe tirate su a caso ma con uno spirito che mi piaceva molto. Poco dopo lavorai con loro anche se non passai subito al travestimento: mi chiamavo Oscar Selvaggia ed ero vestito da uomo. Ma durò per una sera o due perché... la terza ero già in parrucca. Però ripeto: questi non sono stati amici uomini, sono stati un'altra cosa.

Costanzo invece ha compiuto un'operazione molto importante per me, perché mi ha dato ciò che io ho cercato per molto tempo senza mai impossessarmene: quella sicurezza che mi mancava nell'esibire la mia differenza. Non so per quali motivi lo abbia fatto, o meglio posso immaginarli, essendo lui un uomo di televisione, un grande psicologo involontario: intuisce subito i lati deboli delle persone con le quali ha a che fare e capisce immediatamente come utilizzarli. Questo mi piace perché è una forma di rapporto per me senza dubbio non ipocrita.

Quindi Costanzo ha sdoganato la mia parte di insicurezza trasformandola nell'esatto contrario, facendomi apparire come uno invece molto sicuro di sé, capace di lanciare fulmini senza stare a guardare troppo in faccia a chi li lancia e via discorrendo. Io non sono così, o meglio non ero così; ho imparato con la pratica. Un uomo come lui, di grande potere, di estrazione sociale e politica assolutamente diversa dalla mia – è di sinistra, è un consulente dei DS –, entrando in contatto con me, che non sono nulla di quella roba lì, che non ho nulla a che spartire con i suoi riferimenti letterari, ha cambiato qualche cosa. Io so chi è stato Flaiano, ma comunque non appartiene al mio mondo; il mio mondo semmai è Jean Baudrillard.

Però, questa conoscenza reciproca mi ha fatto trovare molte affinità con lui prima insospettate. Vedo in Maurizio la stessa noia che provo nei confronti di me stesso, la sento a pelle, sento che la sua iperattività è una forma di reazione alla noia che ha di sé: non sopportandosi più o non essendosi mai sopportato, solo con il lavoro riesce a superare questa sensazione di avere a che fare con se stesso, altrimenti davvero insostenibile. Mi piace poi la sua sottomissione umana e volontaria nei confronti di Maria. Io vorrei avere un rapporto analogo. Insomma, siamo molto, molto simili. Non a caso il nostro disturbo alimentare è comune, non a caso siamo degli ingannatori professionisti: lui inganna se stesso tutti gli anni tentando di dimagrire, altrimenti Maria lo bastona e fa bene, salvo poi andare a rubare il formaggio – ne ho conferme dalla stessa Maria – di notte dal frigorifero rimettendo poi tutto a posto per non farsi scoprire. Sono i mezzucci più biechi e infantili per non ammettere a se stessi di avere un problema e non sapere come affrontarlo. Tale e quale a me.

Un'altra cosa che mi piace di lui è l'intransigenza: Costanzo è un uomo che mi insegna a essere intransigente, e quello che agli altri appare un difetto, che passa per arroganza, è semplice mancanza d'ipocrisia. Poi a me gli uomini di TV che devono fare i buoni a tutti i costi irritano moltissimo. Con Costanzo questo succede solo quando si tratta di donne belle, per le quali ha un debole come tutti gli uomini. In quei casi diventa uno zerbino. Non mi piace che faccia così perché è lì che lo vorrei impietoso: io sono la frocia che lui non è, e ho nei confronti delle donne quella durezza che a lui manca. Però mi ha insegnato anche a non essere ipocrita, cioè a dichiarare subito simpatie, antipatie, qualunque sia il prezzo da pagare, anche quello di essere poi considerati degli antipatici. Va benissimo, chi se ne frega, l'importante è saper motivare il perché di una antipatia o di una simpatia, saper verbalizzare perché hai trattato una persona in quel modo.

Un altro uomo importante nella mia vita è stato Marco Pannella, ma ve ne parlerò nel capitolo sulla politica.

LA POLITICA

Una scelta radicale

Da adolescente mi interessai al movimento studentesco. L'imperativo categorico era "contestazione".

Mi piaceva quella parola. E contestavo con assemblee, occupazioni, letture. Ricordo che comprai i *Quaderni del carcere* di Antonio Gramsci perché pensavo fosse indispensabile leggerli; poi credo di averli solo sfogliati perché erano noiosi come poche altre cose.

Ma appena raggiunsi l'indipendenza economica, questa passione si sopì immediatamente. Nella mia testa il fatto di lavorare, di avere due lire da spendere come meglio mi pareva era un'attuazione della politica; non c'era più bisogno di star lì a parlare né di tenere rapporti con tutto quel tessuto sociale.

Di recente, all'improvviso mi è scoppiata di nuovo la passione politica. Sarà forse per il gusto del paradosso che ormai mi domina totalmente.

Credo che a risvegliare il mio istinto di contestatore sia stato Berlusconi decidendo di entrare in politica. Io ho una formazione di natura radicale, più vicina ai liberali che non a quei vecchi democristiani di cui Forza Italia è composta. Tuttavia, proprio questa scelta da parte di un uomo così importante, che all'economia ha sostituito la politica, mi ha dato una grande energia. E fin dall'inizio non mi è importato, come continua a non importarmi, il motivo per cui l'ha fatto: non mi domando – e francamente non me ne può fregare di meno – se ne abbia un tornaconto personale o se gli possa servire per aggiustare i suoi guai privati.

Il conflitto d'interessi è l'aspetto meno interessante della politica di questi anni: è molto più stimolante pensare che cosa spinga un miliardario a perdere il suo tempo in questo modo, piuttosto che stare alle Bermuda o in un megaufficio a Cologno Monzese a ricevere aspiranti star che gli sbattono le tette davanti.

Quando Berlusconi dice che il 70% delle casalinghe italiane non legge un giornale, purtroppo ha ragione. Però guarda la televisione. E allora la televisione sarebbe per forza in grado di influenzare il voto politico...? Ma non è vero, è una grossa stupidaggine. Un uomo potente che può manovrare i media non arriva a un tale punto di bassezza; quindi tutte le teorie sul conflitto d'interessi vengono in un qualche modo, dai fatti stessi, non solo non suffragate, ma semmai negate.

Mentre è vero che essere all'opposizione ti genera un'aureola di santità e la meravigliosa sensazione di avere la verità in tasca.

La discesa in campo di Berlusconi è stata la molla che mi ha fatto ritrovare sulla mia strada i radicali. Quando, nel suo primo governo, Pannella ha deciso di dargli il suo appoggio, prima del tradimento della Lega, ho capito di amare l'opportunismo politico del leader radicale. Avevo trovato finalmente il mio vero oracolo. Mi seduceva il fatto che, per attuare i suoi obiettivi, fosse disposto ad allearsi con chiunque al di là dei vincoli ideologici.

Marco Pannella è sempre stato un mio mito. Un mito che si è confermato quando l'ho incontrato di persona. Ascoltandolo e leggendo quello che scrive ho la sensazione che dia voce alle mie inquietudini. Per me quello che dice è oro. Poi, Pannella è uno che gioca con la politica: è in grado di mettere in piedi dei grandi scherzi e, quindi, non si annoia, non ha rinunciato alla parte gioiosa dell'esistenza.

L'ho conosciuto a Parma quando ero già Platinette ma non ero ancora così ricco e popolare, alla fine degli anni '80. Sono andato a una serata in un albergo, ho ascoltato tutta la sua relazione, poi mi sono presentato. Lui è rimasto un po' inchiodato. "Ti dovevi far vedere prima, ti dovevi manifestare." Da allora gli incontri sono stati rarissimi.

Dopo quell'episodio mi sono iscritto al Partito

radicale, cosa che non avevo fatto prima. Sono un sostenitore, do ogni anno molti soldi perché i radicali ne hanno un grande bisogno non essendo un partito che si finanzia come gli altri.

In quello stesso periodo ho capito che la politica sarebbe diventata per me sempre più importante. So che prima o poi ci finirò dentro. Non è un caso che quest'anno, per la prima volta, abbia appoggiato apertamente una candidata per le suppletive a Trieste, Cristina Stanziani, una radicale indipendente, una matta. Il gioco era grosso. Non è stata eletta, ha preso solo il 5%, una delle solite percentuali un po' ridicole da radicali.

Nel mio mondo non ci sono artisti dichiaratamente di destra o radicali che possano permettersi di dare appoggio a questo candidato o a quell'altro senza avere poi la paura da "Oddio adesso non mi chiamano più". Io invece me ne frego.

Due anni fa, o forse tre, i radicali mi hanno offerto di candidarmi in Puglia alle elezioni politiche. Me lo ha chiesto la Bonino in persona. Ma io ho rifiutato, perché una volta eletto in Parlamento mi sarei dovuto vestire da uomo e non avevo nessuna intenzione di farlo. Tempo dopo ho incontrato Emma una sera al programma di Luciano Rispoli della allora Telemontecarlo. L'ho vista passare ma lei non mi ha cagato manco di striscio. Forse non le era piaciuto il mio no.

Adesso che sto per raggiungere un'età molto rotonda, non è escluso invece che possa decidere di candidarmi. Perché il prossimo obiettivo è, dopo avere dimostrato che anche le travestite hanno un'anima, far capire che Mauro ha la capacità di seguire bene persino un progetto politico. Mi do un paio d'anni...

Io però non voglio diventare come la Carlucci, che lavora in politica ma continua a presentare *Mela Verde*. Non voglio essere un ibrido: mi piacerebbe fare il politico a tempo pieno. Visto il mio modo di essere, cercherei in ogni caso uno stile un po' anomalo rispetto al solito; certo non mi presenterei con il vestito grigio: mi piacerebbe essere un po' addobbata, se fosse possibile.

Mi sono fatto l'idea che l'Italia sia un Paese di destra per quanto riguarda tasse e problemi di natura economica, ma abbia una solida base di sinistra nella società. Quindi, finché l'elettore rimarrà vittima dell'ideologia farà una vita di merda.

Io penso di non appartenere a nessuno dei due schieramenti. Entrambi mi hanno deluso. La sinistra è stata una grande delusione, soprattutto nel bel momento del governo: in quattro anni non ha prodotto nulla, manco il riconoscimento delle coppie di fatto né, tema a me molto caro, di quelle omosessuali. La Bellillo, grande santa donna: ma, santa donna, amore, dovevi darti una mossa!

Ma la delusione ancora più grossa è stato il governo di questa destra che si dice libertaria e liberale e liberista, perché ci troviamo in uno sfacelo mostruoso. Comunque, la Mussolini è più sorprendente di D'Alema, su questo non c'è alcun dubbio; Fini è più rivoluzionario di Rutelli.

Nella politica di oggi, alla fine, il peggio è l'intolleranza aprioristica, comune ai due schieramenti. Può sembrarci un paradosso, ma è vero che la Democrazia cristiana, nella sua dispersione, aveva il grande pregio di essere in fondo tollerante su tutto, bastava la misura.

Nel 2006 secondo me vincerà la sinistra, ancora una volta con Prodi. Prodi si è guadagnato credibilità sull'economia, e questo vale più di qualsiasi altro discorso ideologico. Quindi l'elettore sarà spinto a considerare uno che capisce che cos'è il mercato una garanzia, una sicurezza. Una garanzia che Rutelli, per esempio, non potrebbe dare, se si presentasse nuovamente come leader del centrosinistra.

PLATINETTE: PERSONA E PERSONAGGIO

Tirando le somme per un finale

CHI SONO IO?

Non succede che mi alzi da Mauro e diventi Platinette appena accendo il microfono la mattina in radio, o viceversa che torni a essere Muro quando mi tolgo la parrucca. C'è in me una convivenza ormai consolidata tra le parti maschile e femminile. Non sono due entità: è una sovrapposizione forte. Tuttavia, prende sempre più il sopravvento la parte maschile. Quindi lo specchio mi rimanda Mauro, non mi riflette travestita.

Il mio mondo reale è scandito da un'imperiosa scaletta quotidiana, che io sia Mauro o Platinette. Ieri, per esempio, sono stato per buona parte della giornata a fare Platinette, oggi meno.

Quando guardo le foto di mia madre da giovane, scopro che travestita le somiglio. Ma Platinette è una creatura che non ha una vita autonoma, indipendente da Mauro. Non è che a un certo punto decide per me: sono io che decido per lei.

SEGRETI

Difetti? Nessuno deve mai raccontarmi i suoi segreti, perché io li spiattello subito; mi piace farlo. Ho una pratica nella manipolazione del segreto ormai assodata, rivelo tutto. Per esempio, se mi dicono che la Adriana Volpe è stata vista la sera prima a slinguazzare con un calciatore, stai sicuro che la mattina alzo il telefono e lo racconto a tutte le mie amiche.

Gli unici segreti che non tradisco sono quelli legati alla salute delle persone; su questo tema sono inflessibile e vorrei che si facesse altrettanto con me. Per quanto mi riguarda, non ho nessun altro tipo di segreto e non ne conservo, cioè non c'è nulla che debba rimanere come chiuso dentro uno scrigno, se non appunto questioni legate alla salute. Il resto per me sono tutte stupidaggini.

Di recente un giornalista dell'*Espresso* mi ha intervistato sui segreti di Costanzo, la P2 ecc. Mi ha detto: "Lei non si vergogna a farsi sodomizzare da Costanzo sapendo che è stato iscritto alla P2?" Non mi interessa. Che cosa vuoi che mi importi nel 2004 della loggia massonica, della P2 e di Licio Gelli!

L'ANALISI

Ho fatto diversi esperimenti psicanalitici. Uno più importante degli altri: l'analisi freudiana. Mi confessavo in maniera sempre molto combattuta e rabbiosa; non sopportavo l'idea che la seduta dovesse finire sempre a un orario preciso, interrompendomi mentre parlavo, né di dover dare i soldi subito.

Poi sono passato alla bioenergetica, una pratica collettiva in cui il terapeuta organizza dei meravigliosi week-end in alberghi confortevoli. Se vuoi fai terapia di gruppo, ti racconti. Poi fai da mangiare, stai insieme con gli altri confrontando con loro i tuoi disastri: questo dà una grande forza, e alla fine del week-end esci con la sensazione di avere un petardo – scusate la volgarità – nel culo. Salvo che poi il mercoledì sei già un cesso come prima.

Nel corso degli anni comunque ho preso le distanze dall'analisi perché conosco già i motivi che mi portano a cercare di capire, e soprattutto ho capito che non ho nessuna voglia di risolverli; ci voglio solo convivere, punto e a capo.

Quando mi sono reso conto che il terapeuta voleva normalizzarmi, ho detto basta. Il caso più eclatante è stato quello del bioenergetico che in un incontro privato mi ha messo davanti a uno specchio, mi ha spogliato lasciandomi in mutande e mi ha detto: "Guardati: fai schifo. Guardati: fai schifo". Io lo osservavo e pensavo: Tu credi davvero che non lo sapessi prima, che avessi bisogno di darti del denaro per sentirti mentre mi urli dietro questo? Allora ho detto basta: ne avevo visti troppi di questi terapeuti e avevo visto la tristezza e la normalizzazione delle persone che vanno da loro.

Quando uno si infila in quel tunnel lì non ne esce più. Non è vero che l'analisi a un certo punto finisce: dura per tutta la vita perché tu continui anche da solo a fare quel lavoro su di te rendendoti una persona infelice, tentando di assomigliare agli altri.

Tuttora vedo un mio ex terapeuta. Adesso è lui a confessarsi con me: mi racconta le peggio cose che fa, come i tradimenti alla moglie. Anche loro sono bestie feroci come tutti gli altri.

SUICIDIO??

Vi domandate se ho mai tentato di farla finita? No, non ho mai avuto nessuna tentazione suicida, non ho mai avuto nessuna depressione così profonda. Però, probabilmente ho fatto di peggio: il disastro alimentare, per esempio. Con questo corpo che mi porto in giro sono consapevole di rischiare un infarto a ogni passo, a ogni scala che salgo, e francamente non mi interessa: ma che venga l'infarto, che venga l'ictus, ciao!

UN FIGLIO

I rammarichi. Avrei voluto un figlio. L'adozione, mi rendo conto, è difficoltosa; ma se nelle mie condizioni di persona single, con una buona disponibilità economica, mi venisse affidato un figlio, lo accetterei. Sarebbe per me un bel banco di prova, utile anche per poter restituire quel famoso amore che finora ho solo provato e non ho mai dato.

SONO UNA TERRA BRULLA

Mauro ha un mondo popolato di fantasmi: sono i vecchi flirt, i vecchi amici, le vecchie abitudini. Io, Mauro-Platinette, mi sento proprio come una terra totalmente brulla: non c'è niente che possa germogliare in me; non c'è più nulla, se qualcosa mai c'è stato. Forse l'unico sistema perché torni a essere una persona, e non questa statua venuta male, credo che sia occuparmi della cosa pubblica. Ecco perché so che questo mestiere durerà ancora poco.

Il mio bisogno di protezione è talmente forte che, rifiutandolo perennemente, non faccio altro che peggiorare la situazione: ne ho sempre maggiore bisogno e al tempo stesso lo rifiuto sempre di più.

COMMOZIONE E LACRIME

Ricordo la morte di Diana come un pianto senza fine, non tanto durante i funerali quanto dopo, perché avevo la sensazione precisissima che lei fosse un meraviglioso incrocio di tutto ciò che io avrei desiderato essere. Quel sorriso la illuminava in modo strepitoso. In Diana, ragazza di campagna orrenda inizialmente, meravigliosa alla fine, era interessante la miscela della santa e della troia. Quando è venuta a mancare, ho avuto una sorta non dico di rifiuto ma di disinteresse verso il gossip; era come se fosse finita un'epoca. Poi l'idea che potesse essere incinta di un arabo! Se mai fosse nato il figlio di Diana e Dodi Al Fayed, probabilmente le torri gemelle non sarebbero state abbattute: dal punto di vista storico sarebbe stato un evento epocale che avrebbe potuto sedare il conflitto fra Oriente e Occidente.

Di Diana mi seduceva il fatto che si buttasse dietro le siepi col primo maggiore che trovava, andasse ai concerti dei Duran Duran, facesse in Jugoslavia la campagna antimine, cenasse una sera con Madre Teresa di Calcutta e quella dopo con i Versace. Questo è vivere il nostro tempo. Chi se ne frega se Carlo la tradiva, chi se ne frega se lei era bulimica!

Con alcuni amici ho perfino raccolto mille firme per dedicarle l'angolo di una piazza di Parma. Volevo fare l'angolo del sorriso, questo cazzo di altarino dove uno va lì, si siede con la fidanzata o con chi cacchio gli pare, e trova una lanterna che la illumina e che ti illumina. Ma niente, non ci sono riuscito.

Lady D mi ha cambiato la vita, come me l'hanno cambiata Andy Warhol e pochi altri, forse la Mariolina Cannulli dei primi anni. Anche se Lady D me l'ha cambiata più profondamente, mi ha fatto vedere che è possibile trasformarsi, che è possibile uscire dal baratro del nulla e arrivare.

La prima volta che ho pianto al cinema, fu vedendo un film ridicolo e brutto, intitolato *Innamorarsi*, con Robert De Niro e Meryl Streep. È la storia di un uomo e una donna qualsiasi che si incontrano su un treno, sposati entrambi, e ne nasce un amore di quelli difficili. A un certo punto si ritrovano per sbaglio dopo essersi lasciati (lasciati per modo di dire perché poi non s'erano neanche mai presi ma solo conosciuti). Si vedono alla Libreria Rizzoli a Natale, scelgono i regali per i rispettivi partner, scambiandosi poi i pacchetti inavvertitamente. Io non ce l'ho fatta, sono crollato. Poi non sarebbe mai più accaduto. Sarà stato circa dieci anni fa.

Piansi a dirotto al concerto di Mina nel '78, quello a cui andai con mia madre. Me lo ricordo bene perché fu proprio un pianto senza fine. Poi, a un certo punto mi guardai attorno e vidi che la gente era nel mio stesso stato. La canzone con cui proprio sbarellai fu *Io vivrò* di Lucio Battisti.

LA MINA

Uno dei più forti batticuori della mia vita mi è venuto quando ho risposto al telefonino pur senza vedere il numero di chi chiamava – avevo un modello giurassico – e mi sono sentito dire: “Ehi, sono la Mina”. “Sì, certo”, ho ribattuto io, “e io sono Patty Pravo.” Pensavo che fosse una delle mie solite amiche deficienti. Allora lei ha insistito: “Sono la Mina, mi ha dato il numero il tal dei tali”. La morale era che voleva soltanto dirmi che quando mi vedeva si divertiva molto perché era una grande appassionata di televisione.

Poche ore dopo ho avuto un terribile incidente in motorino. Una specie di contrappasso, ho pensato.

Da quel momento l’ho vista diverse volte. Di recente a teatro, a un mio spettacolo. È arrivata in camerino mentre io mi stavo facendo truccare e cantavo. Durante una pausa, ho sentito: “Stonata!” E ho detto: “Chi cacchio si permette?!” Poi mi sono girato, me la sono vista lì e mi è preso un mezzo colpo. Altro batticuore. Poi è arrivata la figlia e ha sparato: “Brave, siete state brave, peccato il testo, fa cagare”. L’autore peraltro era lì e da allora ogni tanto dice: “Mina non è poi così brava”.

Vedere madre e figlia insieme come mi è successo una sera in un salotto normalissimo – con Mina che fa la maglia, i piedi sul tavolino, le calze di spugna, e Benedetta, la figlia, che si addormenta con la testa appoggiata sul grembo di sua madre –, be’, è una scena che non ti dimentichi, e tu lì che mangi i cioccolatini, che stai zitto perché la Benedetta, poverina, mica la puoi svegliare. In TV davano un film con Paolo Villaggio che faceva il vigile del fuoco, e Mina si è fermata un attimo e ha detto: "Ma quanti anni può avere Villaggio, settecento?" Strepitosa.

RINASCERE RICCO

Potendo tornare indietro, che cosa cambierei della mia vita? L'estrazione sociale. Desidererei rinascere ricco; non è vero che la base popolare o contadina sia un valore aggiunto, è una fatica ulteriore. Io ho sempre vissuto e continuo a vivere un senso di inferiorità come se fossi in qualche modo marchiato. Mi è mancata molto la condizione borghese: io ho dovuto fare il contestatore proletario per arrivare a una definizione di me, cosa che, se fossi stato un figlio della buona borghesia, mi sarei potuto risparmiare. Una madre abbastanza ricca, con due giri di perle e un po' di cachemire addosso, non contesterà mai l'omosessualità al figlio.

In generale, mi sento comunque fortunato perché ho messo in piedi un progetto di realizzazione di me che nei presupposti poteva sembrare fallimentare. Nasco in una situazione difficile, nel senso che sono un bambino timido, introverso, incapace di fare qualsiasi cosa che non sia leggere, non ho mai giocato in vita mia, ho avuto un'adolescenza complicata, e mi ritrovo una maturità contrassegnata dalla ricerca della mia espressione. Ho potuto mettere in atto qualcosa che pareva impossibile.

VERGOGNA

Mi vergogno del mio aspetto, che però è anche all'origine del mio successo. Da questo punto di vista, ho quindi un rapporto conflittuale.

Non riesco a guardarmi in uno specchio perché tutta non ci sto, e se anche ci sto vedo quanto sono grossa. Mi faccio un po' pena per questo e cerco di non vedermi.

Mi vergogno della mia inadeguatezza in ambito sessuale, nel senso che per anni ho fatto fatica a spogliarmi realmente e ci sono riuscito con una sola persona.

Non ho nessuna passione sportiva. C'è una sola attività che vorrei praticare: il nuoto in piscina, perché in acqua i corpi spariscono, si vede solo la testa. Però, prima di immergerti, ti devi spogliare, non è che ci puoi entrare vestito.

PESO

Il disturbo alimentare non passa mai. Non è vero che ti puoi curare, smettere come l'alcolista o il tossico; no, quell'assillo c'è sempre. Io non sono un vero e proprio bulimico, ma ho un rapporto nevrotico col cibo: sono un guscio vuoto da riempire. Ho la sensazione di ragionare solo quando mangio. Non mi alzo di notte per mangiare: mangio il più possibile prima di andare a letto. Abbuffarmi è anche un ottimo sedativo. Sapendo che mi faccio del male, ho deciso di mettermi a regime. E ho inventato questa storia della pesata di *Buona Domenica*: ho offerto di lasciarmi pesare, perché farmi controllare il peso da qualcuno e, per di più, essere pagato per questo è la soluzione migliore per avere una forte motivazione per dimagrire. Però, con il tempo la cosa è scemata d'interesse, ma è stato un errore dato che, se fossi notevolmente sceso di peso davanti alle telecamere, avrei offerto al ministro Sirchia un bell'appoggio per dire: "È tutto possibile, basta che troviamo il mezzo giusto per farlo".

QUANTO PESO

Prima delle pesate di *Buona Domenica* erano anni che non salivo su una bilancia. In trasmissione ho chiesto di non sapere dove arrivava l'ago. Nessuno ha tradito il segreto, cosa che ho apprezzato parecchio. Nessuno mi ha detto brutalmente: "Sei tot". Perciò, tuttora non so quanto peso.

Certo, prendere cinquanta chili in un anno

qualcosina mi ha combinato, se non altro nella formazione del carattere. Mi ricordo di essere rimasto steso per molto tempo senza fare nulla, mi ricordo il famoso muro, nel senso del soffitto, il divano... mi ricordo gli psicofarmaci, mi ricordo d'aver provato quella forma di oblio assoluto che è l'indifferenza verso qualsiasi cosa, anche i propri guai.

Passavo le giornate nel nulla, facendo lavorare la testa: il guaio del depresso è che mentre si imputridisce, mentre marcisce nel corpo, con la mente va ovunque, si lancia in una galoppata. Quel galoppare della testa mi è rimasto. Insomma, l'esperienza si è trasformata in risorsa.

PILLOLE

Io faccio uso di psicofarmaci. So che se non li prendo sto altrettanto bene, però li prendo lo stesso. Dalla mattina alla sera mi faccio cinque o sei Prozac. La mia formula magica è l'alternanza di Prozac, per esempio, a un antipanico. E sto che è una favola.

Il dosaggio che seguo non è mai quello prescritto in una terapia. Sono una sorta di gabinetto di un'improbabile chimica che fa un po' da sola.

LA NOIA

Mi annoio moltissimo, soprattutto di me stesso, per cui passo la maggior parte del mio tempo, quando non lavoro, a cercare una ragione per distrarmi da me e produrre qualche cosa. Scrivo ormai con un'ossessione che non ha precedenti.

SVESTIZIONE: DAL BALLETTO ALLA RADIO ALLA SOLITUDINE

Alla fine della passata edizione di *Buona Domenica* mi sono presentato sul palcoscenico in abito grigio, via la parrucca, via il trucco, praticamente nudo. Forse quella svestizione lì è stata un anticipo di una svestizione definitiva. Non escludo di fare una scelta professionale che molti potrebbero giudicare rischiosa: abbandonare il personaggio o comunque circoscriverlo, mettergli delle parentesi, per quanto ricche, dorate, meravigliose, ma pur sempre parentesi. Così come non escludo che, finite quelle parentesi, Platinette ritorni più soubrette di prima.

Ci sono cose che non ho ancora fatto, per esempio il balletto. Ho chiesto a un coreografo di aiutarmi a capire se anche con questa stazza è possibile ballare; d'altra parte, lo fu ai tempi della grande televisione, quando Gino Bramieri lo faceva, quando c'erano comici, intrattenitori non perfettamente in linea, come Aldo Fabrizi, che riuscivano a muovere qualche piccolo passo. Mi piacerebbe dimostrare che in assenza totale di talento ci si può applicare con una – spero – buona riuscita anche in una improbabile performance di ballo.

Ma il futuro è sicuramente un altro, il futuro è quello dell'abbandono della scena. Prevedo un finale di esistenza in una solitudine ponderata. Prevedo molta scrittura, una scrittura anche tecnologica, nel senso che adoro il mondo della rete, adoro i computer; ci sguazzo come una pazza da più di un decennio, ormai.

Non vedo un futuro televisivo molto consistente, semmai la coda vera sarà la radio perché da lì nasco e lì vorrei chiudere.

Arrivederci.

APPENDICE

Dietro le parole

Interpretazione di Luigi Abbate, *psicoanalista*

Ogni volta che mi viene chiesto di esprimere un'opinione su qualcuno mi tornano in mente quei poveri psicologi della CIA che, da Hitler a Saddam, finiscono sempre per dirci che il personaggio in questione da bambino fu maltrattato da un padre despota, che aveva una madre castrante e che, verosimilmente, era omosessuale e non lo sapeva e, pertanto, aveva deciso di farla pagare al mondo. Col terrore di arrivare a queste orribili conclusioni ho letto questa fitta testimonianza di Platinette. Che dire di questo soggetto che si muove continuamente e affannosamente, vista la mole, fra le due posizioni di persona e personaggio, né da maschio né da femmina? Sono poi rare le occasioni in cui l'abbiamo vista/o senza parrucca e nelle vesti di Mauro. È curioso che abbia una sorella col suo stesso nome: Maura. Vorrà dire qualcosa? E poi, per essere un travestito *simplex*, quanti quesiti si pone: identità, minoranze, giustizia. Forse è un sociologo travestito che, a nostro insaputa, compie una curiosa indagine sociale. Ha poi questa ossessione del corpo che traspare già dalle prime pagine.

Insomma, ogni volta che, leggendo, anticipavo qualche idea sul nostro personaggio, ecco che poche pagine dopo trovavo conferme ma anche ulteriori domande nel testo. Che dire di un uomo così? Ma si può dire qualcosa di qualcuno, incasellarlo in griglie interpretative che cercano di dare un senso a comportamenti solo apparentemente incomprensibili? Forse il problema riguarda me, che da tempo ho smesso di interrogarmi sulla poliedricità dell'essere umano.

Riflettendo sul personaggio, mi continuava a girare per la testa una storia, raccontata da Marina Minghelli, letta alcuni anni fa. La storia di santa Marina è semplice, una storia uguale a quella di tanti altri santi. La Minghelli così narra: "Le prime notizie [...] raccontavano di una giovane donna che, per seguire il padre desideroso di vivere in un convento senza separarsi da lei, prese abiti maschili e cambiò il suo nome con Marino. Sebbene il padre ben presto morisse, Marina continuò a vivere al convento conservando il suo segreto. Molto amato e portato ad esempio per la sua condotta esemplare, Marino si recava spesso al mercato del vicino villaggio per le spese necessarie al convento e qui passava la notte nella locanda per poi riprendere la strada del ritorno l'indomani con il suo carretto. Un bel giorno la figlia del locandiere, rimasta incinta, accusò il giovane monaco di averle fatto violenza. Marina non si difese e fu inesorabilmente scacciata. Ma non se ne andò e rimase a vivere ai piedi del convento in una grotta dove le fu affidato, per allevarlo, il bimbo frutto della sua presunta colpa. Dopo qualche anno, commossi da tanta pazienza e abnegazione, i monaci riammisero il loro giovane compagno che stremato da tante sofferenze morì nel giro di pochi giorni. La morte di Marina rivelò il suo sesso e da quel momento la giovane donna fu oggetto di profonda venerazione. Divenne Santa".*

Certo, pensare a Platinette come a una santa suona strano e, sotto certi aspetti, anche irriverente. Platinette nel suo travestimento si permette di esprimere opinioni forti su qualsiasi argomento, mentre santa Marina aveva, fino in fondo, osservato il silenzio. Eppure qualcosa di santo ci deve essere in questo personaggio, ma forse quello che ci appare essere santità è questa sua personale, rigorosa visione del mondo, e la necessità di affermarla continuamente. In ogni caso abbiamo scoperto che esiste la santa protettrice di chiunque si travesta: santa Marina la travestita.

Ma chi è Platinette? Un omosessuale, un travestito, un imbroglione opportunista che ha capito che in questo modo ci si può guadagnare da vivere. Omosessuale? Travestito? Ma queste parole hanno ancora un senso? Identificano ancora qualcosa e qualcuno? Il terzo, tra maschile e femmini-

* Marina Minghelli, *Santa Marina la travestita*. Sellerio, Palermo 1996.

le, è sempre stato presente nella storia dell'umanità, nei secoli, e soprattutto negli ultimi anni i casi sono aumentati. Tra maschile e femminile le figure apparse sulla scena sono diventate numerose. È qui che si affaccia il ricordo di un'altra lettura. Martine Rothblatt,* audace interprete del transgender, proprio per dare un senso a tutte queste figure si è inventata una griglia di lettura da lei stessa definita Cromatic System of Gender (Sistema Cromatico di Genere) che consentirebbe di differenziare tra centinaia di diversi tipi di personalità. Il meccanismo è matematico: basta calcolare le possibili permutazioni (così dice la Rothblatt) dei sette livelli da lei proposti di aggressione, accudimento e livello erotico per arrivare a 343 sfumature di genere; e per ognuna delle quali è possibile una definizione. Per esempio, una persona con un genere malva potrebbe essere "una persona con un basso livello d'accudimento, con un giusto livello di erotismo ma non particolarmente aggressiva". Qualcuno potrebbe trovare il sistema della Rothblatt sciocco o inutilmente complesso, a me sembra che forse questo sistema consente di dare, con semplicità e in modo facilmente comprensibile, una collocazione diversa a ognuno di noi, all'interno di questo grande mondo fra maschile e femminile. Ognuno di noi potrebbe permettersi di essere quello che ritiene di essere veramente, non più ma-

* Martine Rothblatt. *The Apartheid of Sex: a Manifesto of the Freedom of Gender,* Crown, New York, 1995.

schio o femmina, ma un punto in questo *continuum* che consente di esprimere se stesso attraverso la propria peculiare modalità di identificarsi e di relazionarsi con l'altro. E Platinette dove la collocheremmo? In quale punto del Cromatic System of Gender troverebbe posto? Ancora questa idea di incasellare. Onestamente non lo sappiamo, di sicuro sappiamo che non somiglia a nessuna delle figure storiche del transgender pubblico, alle varie Vladimir Luxuria o Elena Velena. Più che a un "transqualcosa" somiglia a un clown bonario al quale affideremmo senza difficoltà anche i nostri bambini (chissà che non gli/le propongano una nuova TV dei ragazzi?), un clown che non rimanda a seri interrogativi sulle nostre identità. Platinette è un personaggio che nonostante si ponga seri interrogativi sul vivere e sull'esistere non minaccia la mia identità di maschio né inquieta le donne su possibili perversioni, che non lascia nemmeno immaginare. E la pubblicità dove Mauro, apparecchiato come Platinette, fa la pipì come un uomo non mi inquieta, anzi, mi fa decisamente sorridere. Ci troviamo a pensare che in fondo è una trovata pubblicitaria intelligente e divertente. Insomma, non certo un guerriero del transgender ma un personaggio ormai familiare che fa sorridere e che spesso riesce a dire quello che anche noi vorremmo dire se avessimo il coraggio che lui/lei ha e che, probabilmente, se non si travestisse forse neanche lui/lei avrebbe. Concetto lineare. Insomma tutto questo per dire che il fatto che si travesta gli/le consente di dare voce a parti di sé che altrimenti non ne avrebbero.

Ma a noi che di professione facciamo gli psicoanalisti che cosa ha colpito di più di Platinette? Semplice e quasi scontato: il rapporto con la madre. Un intreccio tra una madre vera, reale, e una madre fantasticata, idealizzata e trasformata. Platinette è chiaramente, nel ricordo, innamorata di una madre che a sua volta è stata innamorata di un altro uomo, vero o fantastico non si sa, forse il vero padre della nostra. È parlando di sua madre che Mauro/Platinette descrive, come in un acquerello, i momenti più belli della propria vita. Parlando della madre gli/le si illuminano gli occhi e gli/le si addolciscono le parole. Forse è proprio per un'elaborazione interna di questa madre, che non tentiamo neanche di capire, che Mauro diventa Platinette. Questa madre che ama ballare e cantare, che ama gli uomini e la vita, sembra aver lasciato in lui/lei l'unica vera traccia importante.

Lo sapevo, finivo per fare come gli psicologi della CIA: dietro c'è sempre una madre che...

INDICE

Finito di stampare nel mese di febbraio 2005
presso il Nuovo Istituto
d'Arti Grafiche - Bergamo

Printed in Italy